陰陽師

龍笛卷

陰陽師系列

第五部

夢枕獏——著

茂呂美耶——譯

新版推薦序

伴隨《陰陽師》系列小說十五年有感

承接《陰陽師》系列小說的編輯來信通知，明年一月初將出版重新包裝的第一部《陰陽師》，並邀我寫一篇序文。

收到電郵那時，我正在進行第十七部《陰陽師螢火卷》的翻譯工作，而且，由於晴明和博雅這兩人拖拖拉拉了將近三十年的曖昧關係（中文繁體版則爲十五年），終於有了一小步進展，令我陷入興奮狀態，於是立即回信答應寫序文。因爲我很想在序文中向某些初期老粉絲報告：「喂喂喂，大家快看過來，我們的傻博雅總算開竅了啦！」

其實，我並非喜歡閱讀BL（男男愛情）小說或漫畫的腐女，《陰陽師》也並非BL小說，但是，我記得十多年前，曾經在網站留言版和一些《陰陽師》死忠粉絲，針對晴明和博雅之間的曖昧感情，嬉笑怒罵地聊得鼓樂喧天，好不熱鬧。

說實在的，比起正宗BL小說，《陰陽師》的耽美度其實並不高。就我個人觀點而言，這部系列小說的主要成分是「借妖鬼話人心」，講述的是善變的人心，無常的人生。可是，某些讀者，例如我，經常在晴明和博雅的對話中，敏感地聞出濃厚的ＢＬ味道，並爲了他們那若隱若現，或者說，半遮半掩的愛意表達方式，時而抿嘴偷笑，時而暗暗奸笑。

身爲譯者的我，有時會爲了該如何將兩人對話中的那股濃濃愛意，翻譯得不露骨，但又不能含糊帶過的問題，折騰得三餐都以飯糰或茶泡飯草草果腹，甚至一句話要改十遍以上。太露骨，沒品；太含蓄，無味。所幸，這種對話不是很多。是的，直至第十六部《陰陽師蒼猴卷》爲止，這種對話確實不多。

然而，我萬萬沒想到，到了第十七部《陰陽師螢火卷》，竟然出現了令我情不自禁大喊「喂喂，博雅，你這樣調情，可以嗎？」的對話！不過，請非腐族讀者放心，這種對話依舊不是很多，況且，說不定我們那個憨厚的傻博雅，不明白自己說的那些話其實是一種調情。而能塑造出讓讀者感覺「明明在調情，但調情者或許不明白自己在調情」的情節的小說家夢枕大師，更令人起敬。

話說回來，不論以讀者身分或譯者身分來看，《陰陽師》系列小說最吸引我的場景，均是晴明宅邸庭院。那庭院，看似雜亂無章，卻隨著季節交替輪換而自有一番情韻。倘若我在進行翻譯工作時的季節，恰好與小說中的季節相符，我會翻譯得特別來勁，畢竟晴明庭院中那些常見的花草，以及，夏天吵得不可開交的蟬鳴和秋天唱得不可名狀的夜蟲，我家院子都有。只是，我家院子的規模小了許多，大概僅有晴明宅邸庭院的百分或千分之一吧。

爲了寫這篇序文，我翻出《陰陽師飛天卷》、《陰陽師付喪神卷》、《陰陽師鳳凰卷》等早期的作品，重新閱讀。不僅讀得津津有味，甚至讀得久違多年在床上迎來深秋某日清晨的第一道曙光。

此外，我也很佩服當年的自己，竟然能把小說中那些和歌翻譯得那麼美。不是我在自吹自擂，是眞的。我跟夢枕大師一樣，都忘了早期那些作品的故事內容，重讀舊作時，我眞的在文字中看到當年爲了翻譯和歌，夜夜在書桌前和古籍資料搏鬥的自己的身影。啊，畢竟那時還年輕，身子經得起通宵熬夜的摧殘，大腦也耐得住古文和歌的折磨。如今已經不行了，都盡量在夜晚十點上床，十一點便關燈。因爲我在明年的生日那天，要穿大紅色的「還曆祝著」（紅色帽子、紅色背心），慶祝自己的人生回到起點，得以重新再活一次。

如果情況允許，我希望能夠一直擔任《陰陽師》系列小說的譯者，更希望在我穿上大紅色背心之後的每個春夏秋冬，仍可以自由自在穿梭於晴明宅邸庭院。

茂呂美耶

於二〇一七年十一月某個深秋之夜

目錄

怪蛇

一

文月①了，卻依舊每天下雨。絲線般的細雨，綿綿不斷自上空霏霏落下。

源博雅坐在窄廊②，與安倍晴明對酌。

此刻是白天。雖然已過中午，離傍晚卻還有段時間。

天空滿布烏雲，看不見一絲陽光，但沒有昏暗的感覺。

大氣中隱約可見亮光。大概是烏雲不比先前濃厚。

晴明宅邸的庭院青草叢生。茂盛的青草多是野草。紫斑風鈴草③、野鳳仙花④、鴨跖草⑤等等。雨絲淋濕的葉片閃閃發光。

披著白色狩衣⑥的晴明，背倚柱子，支起單膝，心不在焉地將視線拋向庭院。

博雅舉起酒杯送到嘴邊，向晴明說：

「所以說，最近老是發生此怪事，晴明……」

「怪事？」晴明的視線依然望向庭院。

「我剛剛不是說過了嗎？」

「說什麼？」

---

①陰曆七月。

②原文為「簀子（すのこ，sunoko）」。平安時代的建築物，最外面的長廊沒有牆壁，由板條製成，可以讓雨水漏到板條下的地面。

③原文為「螢袋」（hotarubukuro），學名為*Campanula punctat*，多年生草本。全體被短毛，高二〇～一百公分。基生葉心狀卵形，具長柄，莖生葉三角狀卵形至披針形。花頂生，下垂，花冠白色，帶紫斑。花期六月到九月，耐寒，忌酷暑。

④原文為「釣船草」（tsurihune-sou）。

⑤日文為露草（ツユクサ，tsuyukusa），學名*Commelina communis*，一年生草本，鴨跖草科，高約三十公分，夏天為花期，花瓣藍色，瓣三枚，平地至中海拔水溝邊，沼澤或潮濕路旁較為常見。

⑥男裝。原為狩獵時所穿的衣服，於平安時代演變為貴族平日所穿的便服。

「有關蛇的事呀。」

「是嗎？」晴明宛如第一次聽到，點點頭，問道：「蛇怎麼了？」

「聽說東一家西一家都出現了。」

「東一家、西一家？」

「前些日子，也出現在藤原鴨忠大人宅邸。」

「喔。」

「事情是這樣的……」

博雅開始描述事情的來龍去脈。

二

事情緣起於藤原鴨忠大人宅邸的女侍小菊。不知何時開始，小菊步行時總是拖著右腳。

起初，只是微微拖著右腳，二、三日後，大家都可以一眼看出她步行時明顯拖著右腳，而且走路時會看似因疼痛而皺眉蹙眼。

「妳怎麼了？」其他人問她。

「右大腿長了一個惡性膿腫……」小菊回說那膿腫會疼痛。

有人看了小菊的大腿，在白皙柔軟的右大腿內側，果然如小菊所說，有個大膿腫。約有成人拳頭般大，腫得又紅又紫。

家人大吃一驚，趕忙請來懂醫術的內行人幫小菊擦藥，但始終無法消腫。有回，用火燒了刀尖，再用刀尖割破膿腫，想擠出裡面的膿，不料擠出來的都是鮮血。加上小菊連連哭喊「痛啊，痛啊」，只得中途作罷。

日後刀傷雖然痊癒，膿腫卻不見縮小，反而增大一圈。

眾人束手無措時，有個奇妙老人登門造訪。

「聽說貴府為了膿腫而一籌莫展。」老人說。

那老人有一頭蓬亂如麻的白髮，鬍鬚又長又白。臉上滿是皺紋，唯有埋在皺紋中的雙眸，炯炯發出妖邪亮光。

講話時，可見嘴唇內側的牙齒已脫落幾顆，剩下的牙齒也顯焦黃。

身上的服裝原本可能是白色的，卻因汙垢而顯得破破爛爛，勉強看得出是件窄袖便服。

「貴府若不嫌棄，吾人願助一臂之力。」

家人起初滿腹狐疑，但小菊悲痛哭訴：

「無論誰都行，只要能醫好這膿腫，我什麼事都願意做。」

聽小菊如此說，再則凡事總得先試試，既然老人說有能力解決，家人便

決定不妨讓對方醫治看看。
老人進入宅邸後，先讓小菊仰躺在床，掀開小菊的裙子下擺，仔細觀察右大腿內側的膿腫。
「喔，養得眞好。」老人說畢，欣喜地笑笑，再向家人吩咐：「能否到外面活捉一隻狗來？」
家人雖然不明白老人的目的爲何，但事情演變到此，也無法拒絕，只好到街上抓來一隻閒逛的野狗。
老人讓家人在庭院打了四根柱子，將狗活生生地朝天綁在柱子上。
「能不能借支錐子？」
老人說畢，家人從宅邸內找出一支錐子遞給老人。
老人將錐子收入懷中，再喚小菊來到庭院。
這時，藤原鴨忠也出現在窄廊，興致勃勃地觀看老人搞什麼名堂。
「妳也仰躺下來。」
老人讓小菊與狗相對仰躺在庭院，再扳開小菊雙腿，讓狗夾在小菊雙腿之間。
老人掀開小菊的衣襬，露出小菊右大腿那個膿腫。
狗因不安與畏懼，牙齒咬得咯吱作響，嘴角溢著白沫。

「哪位有長刀……」老人問。

鴨忠立即吩咐下人拿來一把長刀。

「這把可以嗎？」下人將長刀遞給老人。

「足夠派上用場。」

老人拔出長刀，不加思索便插入仰躺在小菊雙腿之間的野狗腹部。

「嗷嗚！」野狗哀叫。

「喔！」

「哎呀！」

在一旁觀看的人均情不自禁大叫出來。

長刀刀尖一直線剖開野狗腹部，頓時鮮血四濺。那鮮血也濺至小菊大腿的膿腫上。小菊因過於恐懼，失去了神智。

「要不要緊啊？」家人出聲問道。

「就快結束了。」老人回答，面不改色，嘴唇兩端揚起，露出笑容。

原本喘息不已的野狗，不久也斃命了。

「真是太悽慘了……」在窄廊觀看的鴨忠喃喃自語，隨後問老人：「接下來呢？」

「等。」老人回應。

「等?」

「是。」

「要等多久?」

「就快結束了。」老人重複方才所說的話。

不久……

「喔!」

「你們看!」

至今始終不發一言,觀看事情演變的家人,不約而同驚叫出來,伸手指著小菊的大腿。

那個比成人拳頭還大的膿腫,表皮裂開,裡面有某種黑色物體伸出頭來。

「那是什麼?」

「那不是蛇嗎?」

那東西再怎麼看,的確是蛇沒錯。

從小菊大腿膿腫內部伸出頭來的,確實是一條黑蛇。就在眾目睽睽下,黑蛇逐漸爬出,眨眼間便爬出將近一尺長的蛇身。

黑蛇邊爬邊將頭部伸向剖開的野狗腹部。湊巧小菊大腿膿腫與野狗腹部之間，形成一道血路，黑蛇正在這道血路上往前蜿蜿蛇行。

可是，那個比成人拳頭大的膿腫，如何容納這麼粗大的蛇？

黑蛇從膿腫內爬出約二尺長時，老人自懷中取出錐子。老人走到黑蛇一旁，蹲下身，冷不防用錐子斜斜貫穿蛇頭。

黑蛇蜿蜒扭曲著蛇身，想逃回小菊大腿裡，但老人緊拉著貫穿蛇頭的錐子，令黑蛇動彈不得，無法往回逃。

黑蛇的蛇尾似乎在小菊大腿肉中掙扎著不肯出來，使得膿腫附近的大腿肉也跟著蠕動不止，看上去很噁心。

不久，黑蛇大概筋疲力盡，隨著老人的手勁，滴溜溜地從小菊大腿膿腫中被拉了出來。

眾人看到垂掛在老人手中錐子下的整條黑蛇，才發現蛇身竟然長達四尺有餘。不過，說牠是蛇，眼睛卻跟一般蛇不同。應該有蛇眼的地方，只是空洞，沒有眸子。而且，裹在蛇身上的鱗片是逆鱗。

那黑蛇的頭部雖讓錐子貫穿，仍舊活著，蛇尾一圈圈纏住握著錐子的老人右腕。

「小菊體內的，是這東西？」鴨忠問。

「是。」老人點頭。

「這到底是什麼東西？」

「外型雖是蛇，其實不是蛇。不，應該說，是蛇，但也是另一種東西。」

「另一種東西？」

「是。」

「什麼東西？」

「外人還是不要深究才好。」老人不正面答覆。

「我想致謝，你需要什麼？」鴨忠問。

「謝禮倒是可免……」老人挑起左右脣角得意地笑笑，回道：「……吾人想要這個，可以嗎？」

「要來做什麼？」鴨忠問。

「呵呵，做什麼好呢？」老人依然不正面答覆。

三

「總之，晴明，前些日子發生過這樣的事……」博雅說。

而且，據說那老人就那樣讓蛇纏在手腕上，離開了鴨忠宅邸。

「原來是用狗……」晴明低道。

「太殘酷了……」博雅似乎想像著自己方才描述的光景，皺起眉頭。

「嗯。」

看晴明點頭同意自己的意見，博雅內心好像很高興，對晴明說：

「這事很怪吧？」

「怪是怪……」

「又怎麼了？」

「博雅啊，照你剛剛的口氣，好像是東一家西一家都出現蛇，還有沒有其他類似的事？」

「有。」

「能不能說給我聽聽？」晴明說。

「好。」

博雅點點頭，繼續描述其他跟蛇有關的話題。

四

事情發生在參議橘好古宅邸。而且，遭遇蛇害的正是橘好古本人。

這也是前些日子發生的事。

某天，好古的背部突然隱隱作痛。本以爲是睡相不好扭了筋，但始終不減疼痛。

一天、二天過去後，好古的背部開始腫脹。

起初那腫脹很小，之後逐漸增大，約有成人拳頭那般大。到了第五天，整個背部都腫脹起來，宛如背部蓋著一個盆子，而且呈鐵青色。

雖請來藥師以各種方法治療，卻全然無效。

好古的背部益發腫脹，除了疼痛，又奇癢無比。由於時常伸手到背部用指甲搔癢，腫脹得有如駝峰的背部皮膚已皮開肉綻。

最後連站立都很困難，也無法仰躺入睡，只能背朝天俯臥著，終日趴在床上爬不起來。

用餐或如廁時，必須讓家人左右攙扶才能完事。

正當眾人一籌莫展，有個風采奇妙的老人來到好古宅邸，說：

「貴府似乎遭遇了棘手的事。」

那老人有一頭蓬髮，衣衫襤褸，雙眸炯炯發光。

家人心存戒惕，但老人又說：「貴府主人橘好古大人，是不是如此如此的狀況？」老人一口說中了好古對外祕而不宣的病狀。

「吾人願助一臂之力。」老人說。

老人肩膀上扛著用繩子綁住袋口的袋子。那袋子，竟然是用狗皮製成，看上去似乎是殺了幾隻野狗、剝下狗皮縫製而成。袋子飄散出一股沖鼻的鮮血味。

家人向好古傳達了老人來意，好古奄奄一息地回道：

「只要能將這東西除掉，任何人都可以。」

於是，家人立即將老人請進宅邸。

「呵呵，這個實在太出色了……」老人一見到好古，喃喃自語，接著卸下肩上的袋子，吩咐家人：「能不能把這個掛在那邊？」

老人讓家人把袋子掛在好古床榻正上方的柱子，懸在半空，再從懷中取出拳頭大小的生肉塊，放進懸在柱子下的袋子中，說：

「能不能給四根這麼長的青竹？」

好古宅邸內正好有一片竹林，家人當下便從竹林中砍了四根青竹進來。

「麻煩生一盆炭火，再給吾人一把鹽。」

老人用炭火烤了青竹尖端，再於青竹尖端抹上鹽，挑選了四個家人，讓他們各自握著青竹。

接著，老人剝掉俯臥在床榻上的好古的衣服，露出隆起的背部，說：

「你們用那青竹擊打這背部吧。」

然而，對宅邸內的家人來說，好古是主人，沒頭沒腦叫他們用青竹擊打主人背部，當然沒人敢動手。

「沒、沒關係，打……」好古出聲。

於是，四個男人開始用手中的青竹擊打好古背部。

「用力，再用力點……」老人道。

不一會兒，好古背部的皮膚裂開，滲出斑斑鮮血。好古緊咬著牙，忍受苦痛。

「不能住手。」老人說。

擊打一陣子後，發生了奇妙的事。懸掛在柱子下的狗皮袋原本呈扁平狀，卻隨著擊打聲逐漸膨脹起來。

到底發生了什麼事？

況且，袋內的東西似乎是活的。掛在半空的袋子搖來晃去，外皮正蠕蠕而動。

爲甚麼袋子會膨脹？

「喔……」某一個握著青竹的下人叫出聲，「看！」

眾人一看之下，發現好古本來宛如駝峰的背部竟然開始癟下去了。

與之同時，懸在上面的袋子也開始膨脹起來。

眾人不知道到底爲甚麼會這樣，只知道好古的背部似乎因受青竹擊打，致使背部內的東西被趕到袋子裡去了。

「繼續。」

聽老人如此說，家人便不停地繼續鞭打好古背部。

過一陣子，好古背部完全癟下去了，只剩下一坨鬆垮的皮膚。

由於受到青竹擊打，好古背部已皮開肉綻，且滲出斑斑血跡，但那背部已與普通人毫無兩樣。

取而代之的是懸在柱子上的狗皮袋，膨脹得快撐破了。而且袋子表面波浪似地此起彼伏。

「把袋子卸下。」老人望著由三人合力卸下的袋子，滿足地說：「辛苦了。」

老人將看似很沉重的袋子輕捷地扛在肩上，說：「這東西，吾人帶走了。」

「等、等一下……」好古邊整理服裝邊站起來，「能不能讓我看一下袋內的東西？」

「小事一樁。」老人卸下肩上的袋子，擱在地板，解開綁住袋口的繩子。「請看吧。」

老人在好古眼前張開袋口。

好古探看袋內一眼，頓時發出悲鳴，往後跳開。

原來袋內裝滿百頭有餘的黑蛇，彼此纏在一起蠢蠢蠕動。

老人放聲大笑，再度扛起袋子走出宅邸。

五

「反正就是發生這樣的事，晴明……」博雅描述完來龍去脈後，將手中的酒杯擱在窄廊。

雨停了。不知何時，外面已暮色蒼茫。

雖是黃昏，卻不會令人感覺天色昏暗；大概是因爲雨在博雅講述怪事時停了，連掩覆在天空的烏雲也開始四分五裂的關係吧。

烏雲之間的縫隙，露出傍晚時分的澄澈青空。那青空，已染上夏季的顏色。

「最近這些天，我身邊連續發生這些怪事。」

「原來如此。」

「我總覺得，發生在藤原鴨忠大人宅邸的事和發生在橘好古大人宅邸的事，一定有關聯，可是，這之間到底有什麼關聯，我怎麼想都想不通。」

「唔……」晴明若有所思地點點頭，再問博雅：

「出現在藤原鴨忠大人與橘好古大人宅邸的那個老人，是什麼時候出現的？」

「鴨忠大人那邊，是四天前。好古大人那邊，應該是昨天。」

「喔。」晴明點頭。

「喂，晴明，你知道什麼嗎？」

「不，不是知道什麼，而是想起一件事。」

「想起一件事？」

「嗯。」

「什麼事？」

「別急，你先告訴我另一件事吧。鴨忠大人和好古大人，最近二十天左右有沒有去過東寺？」

「對了，我想起來了，半個月前，我聽說他們要到東寺參觀已故空海和尚從大唐帶回來的種種物品，應該去過了才對……」

「聽誰說的？」

「鴨忠大人說的。那時，鴨忠大人好像也說過要同好古大人一起去。」

「是嗎？」

「他們對大唐傳過來的物品格外囉嗦。兩位大人早就知道東寺珍藏著空海和尚從大唐親自帶回來的佛像、香爐、畫軸、佛具、毛筆那類的，早就很想一睹爲快，所以事前和寺廟說好，半個月前才實現了心願。」

「原來如此。」

「可是，晴明啊，你爲什麼無緣無故提起東寺？你知道些什麼嗎……」

「知道。」

「知道什麼？」

「別急。」晴明說畢，站起身，消失在裡間。

不久，晴明手中拿著一個成人頭顱大小、用紫布包裹的東西回來。

晴明在窄廊原先的位置坐下，將手中的東西擱在博雅膝前。

「這是什麼？」

「博雅，打開看看。」

「嗯。」

博雅伸手取起包裹，打開後，從中出現一座木雕佛像。

「這、這是啥呀？」

那雕像是翅膀半開的孔雀上，坐著一尊明王像。

「是孔雀明王。」

「我知道是孔雀明王，我的意思是，爲什麼拿這東西給我看？」

「這是空海和尚從大唐京城帶回來的佛像。我從東寺借來的。」

「東寺？」

「明惠大人送來的，就在昨天。」

「到底是怎麼回事？」

「博雅啊，我正打算動身調查這個問題。」

「調查？」

「嗯。大概必須出門一趟。」

「出門？去哪裡？」

「西京。」

「西方？」

「去嗎？」

「唔……」

「快到夜晚了。反正雨也停了，現在拎壺酒到西京去，應該是不錯的主意。」

「唔。」

「去不去？」
「唔，唔。」
「走。」
「走。」
事情就這樣決定了。

六

牛車輾著小石子往前行進。
晴明與博雅在牛車內默默無言相對而坐。
太陽已下山，四周完全入夜了。
浮雲飛快往東移動。不知從何時開始，天空的顏色比浮雲多出許多。雲朵之間的天色，透明得令人驚嘆，星辰在其上閃閃爍爍。即將西沉的月亮掛在西空上。
牛車前沒有任何牧童，只有一頭黑牛，走在夜色下的京城大路，往西前進。
與東京⑦相比，西京顯得很蕭條，人家稀疏。先前零星可見的燈火，現

⑦京都東部。

在已全然消失。

「話說回來，晴明啊……」博雅問沉默不語的晴明，「為什麼不是往東寺前進，而是西京？」

緊閉紅脣、靜默將視線拋向垂簾外黑漆夜色的晴明，頭也不回地回答：

「因為某位大人住在西京。」

「某位大人？」

「嗯。」

「誰？」

「去了就知道。」晴明膝上擱著那個紫布包裹。

「可是，為什麼把這個也帶來了？」博雅問。

「必要的話，或許派得上用場。」

「必要？」

「這本來是天竺之神……」

「是嗎？」

「孔雀有食毒蟲、毒蛇的特性，所以人們才將之供奉為神，成為佛的尊神。雖說是神，但人們加諸於神身上的咒，其意義會隨著時間流逝而有變化。」

「把咒加諸於神？」

「博雅，即使是神，只要脫離了人們加諸其身的咒，神便不存在於這世上了……」

晴明轉頭望向博雅，逐漸放慢速度的牛車也同時停止。

「到了，博雅。」晴明說。

下了牛車，腳底下是草地。剛剛才停歇的雨淋濕了雜草，沾濕博雅的鞋子與下擺。

藉著即將西沉的月光定睛一看，原來牛車停在雜草叢生的小破廟前。

四周隱約可聞迫不及待的夏蟲啼聲。

「這兒呀。」博雅低道。

晴明點頭，望著破廟揚聲呼喚：「您在嗎？道滿大人……」

「喔……」

破廟中傳出低沉回應，接著又傳來木板咿軋聲，隨即出現一個黑影。

「道滿？是那位蘆屋道滿大人？」博雅問。

「正是。」晴明點頭低聲回道。

「來了嗎？晴明……」人影同時發出聲音，「不進來嗎？」

「無法進去。」晴明說。

「有什麼事？」

「我來要回您在藤原鴨忠大人與橘好古大人宅邸所得到的東西。」

晴明說畢，黑暗中傳來道滿的低啞笑聲，那輕微的、像是泥土煮沸的低啞笑聲。

「想要回去？那本來就不是你的東西。」

「我是受東寺明惠和尚之託。」

「你也會管陽間人的工作？」哼哼，笑聲響起。「過來取回吧。」

「剛剛說過了，我無法進去。」

聽晴明如此說，道滿放聲大笑。此時，博雅似乎總算察覺到某事。

「喂、喂，晴明……」博雅的聲音低沉僵硬。

博雅環視腳邊與周圍的草叢。

「別動，博雅。」晴明說。

若仔細觀看，便能發現附近草叢與四周地面皆蜿蜒匍匐著無數黑色細長的東西。那東西表面黑不溜丟，映照月光，偶爾發出青色亮光。

「你要是能收回，就自行來取吧。」

「那就恭敬不如從命。」

晴明爽朗回應，動手解開摟在腹部的紫色包裹。包裹中出現孔雀明王的

雕像。

「喔！」道滿叫出聲。

「南無佛　南無佛　南無三昧耶……」晴明紅潤嘴脣喃喃唸起咒文。

是孔雀明王咒，也是孔雀明王陀羅尼經。

吾今祈請歸命覺者。吾今祈請歸命覺者。吾今祈請歸命教團。吾今祈請歸命金光孔雀明王。吾今祈請歸命大孔雀明妃……

晴明嘴裡唸著陀羅尼經，另一手輕柔地將孔雀明王像擱在草叢上，再站起身。雙脣依然喃喃唸著咒文。

祈請尊梵天為主之者，祈請不受任何禍害之者，守護吾輩吧。吾今祈請歸命一切諸佛。大辯才功德天請安樂吧。但願壽命百歲，得見百秋。

兩人周圍的草叢，隨著晴明喃喃所唸的陀羅尼經文，開始沙沙搖晃起來。草叢中似乎有某種東西在同某種東西打鬥。打鬥動靜逐漸靜止。

「忽止　輸止　具止　毋止　可喜可賀……」

晴明唸畢長長一段陀羅尼經，四周恢復先前的寂靜。

「結束了……」晴明低聲自言自語，彎腰拾起方才擱在草叢上的孔雀明王像。

「喔……」博雅叫出聲來。

原來孔雀明王座下的孔雀，嘴尖叼著一頭黑色小蛇。唸咒之前，孔雀嘴裡沒有這小蛇。不僅如此，孔雀左足下也踩著另一頭黑色小蛇。這也是唸咒之前沒有的。

再仔細觀看晴明懷中的雕像，可發現兩頭黑蛇都不是眞正的蛇，而是木雕蛇。

「我已確實收回東西了。」晴明向道滿欠身施禮。

「晴、晴明，這麼說來，孔雀腳底踩的、嘴尖叼的蛇是……」博雅問。

「你剛剛不是也看到了？」

「……」

「草叢內那一大堆東西，就是這個。」

「是、是蛇？」

「的確是蛇，但正確說來，也不是蛇，應該是蛟的一種吧。」

「蛟？」

「是蛇是蛟都可以，你認爲是什麼，就是什麼。」
「可是，剛剛在草叢中不是有一大堆嗎？」
「本來只有兩頭而已。其中一頭雖在好古大人背部變成多數，但碰到孔雀明王親自出現，就恢復成兩頭了。」
「唔、唔。」博雅百思不解。
「晴明，你有帶酒來吧？怎樣？進來喝一杯吧。」道滿出聲。
「好，這就進去。」
晴明摟著捕住兩頭蛟的孔雀明王，在潮濕草叢中靜悄悄地跨出腳步。博雅跟在晴明身後。
「晴明，眞高興你來了……」道滿喜笑顏開地說。

七

三人坐在破廟中。
破廟內沒有主佛，屋頂有破洞，月光從破洞射進一條細線。
大半牆壁已崩垮，雜草從地板縫隙伸出。不遠處，有夏蟲鳴叫。
破廟內只有一盞燈火。晴明與博雅坐在地板，與道滿相對而坐。

三人之間有一破口酒瓶、三個破口素陶酒杯。酒杯內斟滿了酒，三人悠閒喝著。

「話說回來，晴明，我還不知道究竟發生了什麼事。」博雅將酒杯送到脣邊，問道。

對博雅來說，他原以爲是闖進敵方陣地。然而，來了一看，不但道滿在，而晴明似乎也奪回道滿原本入手之物。另一方，對道滿來說，他當然很清楚自己在做什麼，而晴明是來阻礙計畫進行之人。既然如此，爲什麼道滿和晴明還能一起飲酒作樂？

「我總覺得，我好像上了什麼當。」

博雅會這樣想，也是情有可原。

「一切都是明惠大人的粗心大意。」晴明說。

「粗心大意？」博雅問。

「他聽說藤原鴨忠大人和橘好古大人要去，事前打點了兩位大人想看的東西。」

「明惠大人？」

「嗯。那時，明惠大人也打算幫這座孔雀明王像拭去汙垢，想弄乾淨點。可是，木雕像的這兩頭蛟很礙眼，明惠大人覺得用布擦拭灰塵時，可能

一不小心就會折斷這兩頭蛟。」

「……」

「那時，明惠大人才察覺一件事。原來這座孔雀明王像不是由一塊木頭雕成，而是由三個部分組成。」

「這樣啊？」

據說，孔雀明王與其乘坐的孔雀，是由一塊木頭雕成，但孔雀嘴裡所叼及腳下所踩的蛟，可以各自拆下。

「讓孔雀明王的孔雀嘴裡叼著蛟，這樣別出心裁的設計，並不常見。」

這座雕像與眾不同之處，正是這點。因此，明惠覺得拆下雕像中的蛟，比較容易拭去灰塵。結果，他真的拆下那兩頭蛟，擱在一旁，清理完畢。

「可是，明惠大人竟然忘了將那兩頭蛟裝回去。」

過一會兒，明惠想起這事，打算將木雕蛟裝回時，卻遍尋不著。

「這時，明惠大人才察覺事情嚴重。」

「什麼意思？」

「首先，這是空海和尚於一百數十年前從大唐帶回的雕像，算是寺院的珍寶。」

「然後呢？」

「再者，自從空海和尚帶回這雕像後，便一直收藏在東寺，每天耳聞空海和尚與其他僧侶唸經……」

「唔，唔。」

「萬一有人想用來下咒，這麼強力的道具到哪裡去找？」

「可是，晴明啊，你爲什麼知道這些事？」

「是明惠大人告訴我的。」

「唔。」

「明惠大人猜想大概有人想利用在妖術上，所以偷走了木雕蛟……」晴明邊說，邊微笑地望向道滿。

「其實，這事說是明惠的失策也不爲過。」道滿愉快地將酒杯送到嘴邊。

「爲什麼？」

「因爲讓吾人知道了此事。」道滿說，「東寺到處向有可能做這種事的落魄陰陽法師試探打聽，吾人才明白一定有內情。」

「那麼，您是說……」

「木雕蛟消失，不是吾人幹的。」道滿說。

「那、那……」

「大概是蛟自己逃出去的吧。」道滿回應。
「這怎麼可能？」博雅放聲問。
「有可能。」晴明答道，「……以前，專門雕刻佛像的玄德大人，也雕了一座天邪鬼，那天邪鬼不正因爲不想被廣目天踏在腳下而逃走了嗎？」
「……我想起來了。」
「這雕像來到這國家已一百數十年，一直被孔雀叼在嘴裡和踏在腳下的蛟，當然也會想逃走。再說，有人特地把牠們從孔雀嘴裡和腳底卸下來，不利用這機會怎麼行。」
「話雖如此，但牠們原本只是木頭呀。」
「只要有人祭拜，任何東西都會萌生靈魂。大家說牠們是蛇、是蛟，再加上聽了百年的佛經，即便是石雕的，也會走動。」晴明說。
「吾人查了一下，才知藤原鴨忠和橘好古兩人，那天在寺院內喝了水。」道滿邊笑邊說。
「水？」博雅問。
「嗯，聽說的確喝了水。」晴明點頭。
「水？」
「我也問過明惠大人了，問他有沒有人在寺院內喝了水。」

「結果呢?」

「明惠大人回說,鴨忠大人和好古大人那天喝了從井裡汲上來的水。」

「爲什麼水會……」

「因爲蛟是水的精靈。牠們得到自由後,第一件事當然是逃到距離最近的水中。」

「這麼說來,那兩頭蛟是逃到井裡……」

「距離最近的正是那口井。」

「意思是說,鴨忠大人和好古大人喝了井內有蛟的水……」

「沒錯,喝了。」

「結果,蛟進入他們的體內?」

「正是如此。」

「可是,藤原鴨忠大人那邊,體內出現蛟的不是宅邸內的女侍小菊嗎?」

「鴨忠大人每次進食時,總會先讓隨從試毒,你不知道嗎?」

「那,是女侍小菊試毒時,蛟進入她的體內……」

「大概吧。」

「好古大人的蛟,爲什麼會增加那麼多?」

「大概好古大人在體內積存的惡氣太多了吧。」

「什麼惡氣？」

「就是嫉妒別人、憎恨別人的感情。」

「意思是，好古大人的這種感情特別強烈？」

「大概是吧。」晴明道。

「吾人也是查過之後，知道有人喝了水，便等蛟在體內成長後，才登門造訪把蛟帶回來。」道滿得意洋洋地笑道。

「爲了什麼目的？」博雅問。

「趁這機會，可以得到難能入手的式神。」道滿放聲大笑。

「可是，道滿大人，既然您苦心得到了蛟，爲什麼又那麼輕易地還給晴明……」博雅問。

咯、咯、咯。道滿愉快笑著，接著說：「理由，你問晴明吧。既然這男人出面插手了，那程度的行情應該還算公平。」

酒宴，持續至半夜。

八

「晴明，道滿說的話是什麼意思？」歸途的牛車中，博雅開口詢問。

「哪句話？」晴明佯裝不懂博雅在問什麼，反問博雅。

「道滿大人不是要我問你嗎？」

「咦，問我什麼？」

「別裝傻，晴明。我是問你，爲什麼道滿大人那麼輕易就讓步了？到底是什麼理由？」

「喔，原來問的是這個……」

陰暗的牛車中，晴明似乎欲從懷中取出某物。不久，晴明從懷中取出一樣東西。是細長的黑色東西。

由於那東西發出燐光，即便在黑暗中，博雅也勉強可以辨認出來。

那東西，胴體被晴明右手握住，尾巴纏在晴明右手腕。

「晴明！」博雅在黑暗中縮成一團，「這、這是……」

「是蛟。」

「可是，牠們不是被孔雀明王乘坐的孔雀……」

「那個啊，已經變成普通木頭了。」晴明說。

「什、什麼意思？」

「我想要的不是蛇狀的木頭，而是附在木頭上的這東西。道滿大人的目的大概也跟我一樣。剛好有兩頭，所以我跟道滿大人各分了一頭。」

「什、什麼?」

「這正是道滿大人所說的『那程度的行情』。」

「可是,這樣做,行、行嗎?」

「爲什麼不行?」

「你怎麼向東寺交代?」

「就說圓滿取回了嘛。」

「他、他們不會察覺嗎?」

「察覺什麼?」

「察覺那東西已經變成普通木頭了呀。」

「如果他們早明白這點,也就不會發生今天這種事了。萬一有人察覺那東西已變成普通木頭,明惠大人應該反而會鬆一口氣吧。」

晴明在黑暗中微笑,用左手食指指腹輕撫蛟的下巴。

晴明的動作似乎令蛟感覺很舒服,那蛟在晴明手中妖嬈地扭扭屹屹。

首塚

一

先描寫一下賀茂保憲這號人物。

此人是陰陽師，與安倍晴明呼吸著同一時代的濁闇，也是晴明的陰陽道師傅賀茂忠行的長男。

史料記載，他與晴明是師兄弟，但也有史料說，他是晴明的師傅。

年齡比晴明大，不過，在此我不想特別表明他的年齡。不表明年齡，對接下來講述的故事可能比較方便。

日後的陰陽道將分化爲兩大流派，一是賀茂家的勘解由小路流派，另一是安倍家的土御門流派。若說土御門流派的始祖是安倍晴明，那麼，賀茂保憲則是勘解由小路流派的陰陽師代表。

據說，保憲的陰陽術凌駕於既是父親也是師傅的忠行之上。某史料記載：

當朝以保憲為陰陽基模

意指「本朝陰陽師以賀茂保憲爲宗」。

以前曾幾度寫過，晴明還是少年時，某天跟隨師傅忠行前往下京，當時，他比任何人都先察覺到百鬼夜行並通告師傅。

保憲也同晴明一樣，自孩提時代便能看到非塵世人間之物。

《今昔物語集》記載著下述典故。

話說某天，有位高貴人物請賀茂忠行做祓。祓，是一種驅除不淨或災厄的祭祀，有襲用的儀式，也有依個別具體禍害而於事前施行的避邪祭祀。《今昔物語集》中，未詳細說明是何種儀式，但依據典故內容前後文判斷，很可能是後者。

話說回來，此時賀茂保憲可能還是不及十歲的童子。

保憲央求正打算出門的忠行帶他一起去。說什麼也要跟去，不聽家人勸阻。於是，忠行只得帶著未及十歲的保憲，一起到施行祭祀的祓殿。

祓殿是施行祭祀的建築物。雖也有專用祓殿，但有時也會利用一般宅邸，或騰出委託者住家的某間房，當作進行儀式的臨時祓殿。

祓殿內設有祭壇，祭壇前擱置神案，上面安放米、魚、肉等祀品，另安放紙裁的馬、車、船等交通工具。

忠行坐在祭壇前，喃喃唸起咒文。委託者坐在忠行後方，規規矩矩、低頭不語。

保憲則坐在忠行一旁，心不在焉地觀望四周，或伸手在耳朵旁搔癢。

不久，儀式結束，委託者也回去了，忠行一行人隨後踏上歸途。

事情發生在歸途中……

忠行與保憲同搭一輛牛車。牛車咯蹬咯蹬前進。約莫走了一半路程，保憲突然開口：

「父親大人。」

「什麼事？」忠行回應。

「那到底是什麼東西？」保憲問。

「什麼意思？」

「孩兒看到很奇妙的東西。」

「哪時看到的？」

「父親大人進行儀式的時候。」

「看到什麼？」

「父親大人唸咒文時，不知從哪兒出現很多類似人的東西，還有看起來不是人的東西。」

湧現形狀可怖、氣色可懼之異物，為數二、三十；另有似人之物……

《今昔物語集》中如是記載。

保憲又說，那些異形之物不但吃了米、魚肉，還乘坐安放一旁的紙馬、紙車、紙牛，整個儀式進行過程中，騷鬧不已。

「你看到了？」

「是。其他人好像沒看到，但父親大人也看到了吧？」

「嗯。」

「孩兒一直在想，那到底是什麼東西，可是想來想去還是不知道，所以才請教父親大人。」

「那個，就是那種東西。」忠行說。

「那種東西？」

「嗯。」

「孩兒不懂。」

「那種東西存在於這世上。如果你不是我兒子，我可以簡單告訴你那是亡魂……」

「難道不是亡魂？」

「雖是亡魂，卻無法用『亡魂』一概而論。」

「聽不懂……」

「所謂亡魂，是人死後的魂魄變化而成。但是，那種東西與人的死亡無關，也存在於這世上。」

「……」

「在這天地間，石頭、流水、樹木、泥土，都存在那種東西。正如這世上有我在、也有你在一樣，那種東西也存於天地間。而當人的魂魄凝聚起來附在那種東西上，便會成爲你看到的那東西。」

「原來如此。」保憲似懂非懂地回答。

「話雖如此，即便是我，也得修行數年才得以見到。你沒經過任何修行，竟然這麼小就能看到那東西……」

「是。」

「你老實說，之前是不是也曾經看過那東西？」

「是，看過幾次。」

「唔……」

「父親大人的工作是專門對付那東西嗎？」

「其實不僅於此，不過，大致是這樣吧。」

「好像很好玩。」保憲浮出笑容說。

「本以爲時間尚早，看樣子，得提早了。」

「您說的是？」

「我是說，必須提早傳授你陰陽之道。」

「陰陽之道？」

「有關這天地間的天理與咒術。」

「是。」

「你從這年齡開始便能看到那東西，卻對陰陽之道一無所知的話，有可能像道摩法師那般誤入歧途。好，以後我盡我所知全部傳授給你。」忠行意氣風發地說。

「是嗎？」

這個十歲童子的應答口吻，聽起來有點不關己事似的。

然而，忠行還是實現了自己應允之事。

從那天回到家以後，忠行便開始傳授自己所知的一切給兒子保憲。而保憲也猶如乾渴的大地吸收清水般，將父親忠行所傳授的一切全據爲己有。

二

兩人悠然自得地喝著酒。

在土御門小路的安倍晴明宅邸內。

安倍晴明與源博雅坐在窄廊上，各自在自己酒杯內斟酒，有一杯沒一杯地送到唇邊。

晴明如常地背倚柱子，支起右膝，右肘頂在其上。身上輕飄飄裹著寬鬆白色狩衣，漫不經心地望著庭院。

冷冽月光亮晃晃照射在庭院。庭院裡正是秋天，到處可見敗醬草①、龍膽、桔梗。秋蟲在這些草叢中鳴叫。

晴明與博雅之間擱著一瓶酒，兩人面前的酒杯各自盛著酒。旁邊另有一只空酒杯。

下酒菜是香魚。兩人面前的盤子上，各自盛著撒上鹽再烤熟的香魚。剛烤熟的香魚香味，融入夜氣裡。

「秋天的香魚，總覺得有點悲哀。」博雅邊說邊用右手中的筷子頻頻按壓香魚背，「每次到了吃秋季香魚的時節，我總是禁不住爲時間流逝而悲懷。」

「唔。」晴明無言地點點頭。

香魚，別稱年魚。成魚於秋季產卵。孵出的小魚順著河川流到大海，在海中成長。再回到出生的河川時，正是櫻花凋謝時期。

---

①日文為「女郎花（おみなえし，ominaeshi）」，學名*Patrinia scabiosaefolia*，為多年生草本植物，秋天七草之一，中藥上多用於清熱解毒。

魚苗在清流中攝食附在石頭上的硅藻，逐漸成長。秋天水溫下降後，每逢下雨，便逐次往下流移動，然後再度產卵。產卵後的成魚，無論雌雄，都會就地死亡。

香魚的壽命僅有一年。在這一年間，經歷了誕生、洄游、成長、年老、死亡整個過程。

「說真的，晴明……」博雅用筷子切開香魚尾鰭，喃喃低道，「夏季期間，像嫩葉那般油光蓬勃的香魚，到了秋天，就因年老而浮出鏽斑。這不正如人的一生嗎？」

博雅接著用筷子戳碎魚頭四周的魚肉。

「像這樣吃著秋季香魚，總覺得罪孽深重。可是，如果問，『吃幼魚就不是造孽嗎？』在我說來，吃幼魚好像也是罪孽深重，結果，我感覺不知如何是好。晴明……」

「唔……」

「大體說來，人吃某種東西，等於奪取那東西的性命。不奪取其他性命的話，自己便無法生存下去。這樣看來，人光是生存在這世上，就是罪孽深重的事吧……」博雅擱下筷子，「所以，每當在這季節吃香魚時，腦中總會情不自禁思考此般種種。」

博雅用左手夾住魚頭，右手壓住香魚魚身，小心翼翼地挪動夾住魚頭的左手。於是，魚頭與魚骨便自魚身整個抽出。

「喔，我抽出魚骨了！」

博雅左手還拿著香魚魚頭與魚骨，盤子上則留下魚骨完整抽出的魚身。

「晴明，你知道嗎？像我現在這樣做，就可以完整抽出香魚魚骨。」

「是千手忠輔教你的吧？」

「對。自從黑川主那事件以來，忠輔有時會到我的宅邸，送我鴨川捕來的香魚。」

去除背鰭和胸鰭，博雅啃起香魚。

「這香魚有魚卵。」博雅說。

盤子上只剩下香魚的魚頭、魚骨、胸鰭、背鰭、尾鰭。

「對了，晴明……」博雅伸手拿酒杯，望了一眼晴明。

「幹嘛？」

「從剛剛開始，我就一直很在意一件事。」

「怎麼了？」

「那邊那個空酒杯。」博雅用眼色示意一直擱在窄廊的另一個空酒杯。

「哦，那個啊？」

「爲什麼把空酒杯擱在這兒？」

「因爲等一下有客人來。」

「客人？」

「你說要來我這兒之後，對方派來隨從，說今晚有事非見我不可。」

「那客人要見你？」

「沒錯。我表示今晚已有訪客，對方卻堅持一定要來，只好答應讓對方來。那酒杯是給訪客用的。」

「訪客是誰？」

「是……」

晴明將酒杯送到脣邊，含了一口酒後，脣邊浮出難以言喻的表情。看似爲難、又似苦笑的表情。

「眞希奇，晴明，你竟然會有這種表情……」

「老實說，我有點爲難……」

「爲難？你？」

「沒錯。」

「訪客到底是何方人物？」博雅好像很感興趣，大聲地探身問。

「這位訪客通常是有事相求才會親自來這兒。平常都按兵不動。」

「喔。」
「而他每次的委託都很棘手。」
「結果這位訪客到底是誰？」
「答案好像不必我現在回答了。」
「爲什麼？」
「看樣子，訪客已經來了。」
晴明將視線移到庭院。有個身穿十二單衣②、全身發出朦朧綠色燐光的女人，正站立在月光下。
「晴明，是式神嗎？」博雅望了一眼庭院，問道。
晴明微微收回細長下巴，點點頭，再問庭院的女人：
「蜜夜呀，是不是訪客來了？」
「是。」被稱爲蜜夜的女人頷首。
「帶來這兒吧。」
「已經來了。」
蜜夜剛說畢，身後便出現一個影子。
「哇……」博雅看到那影子，小聲叫了出來。
原來慢騰騰出現在蜜夜身後的，是一頭巨大野獸。

②平安時代，女性的宮廷禮服。

「老虎？」博雅撐起上半身。

確實如博雅所說，那是老虎，但毛色有點不同。若是老虎，應該是黃毛黑紋，而眼前的老虎身上卻找不到任何斑紋。

那是一頭全身漆黑的老虎。

老虎悠哉地撥開敗醬草叢，穿過駐足原地的蜜夜身邊，往窄廊前進。

綠色雙眸有如燐光在黑暗中燃燒。微微張開的口中，像鮮血般赭紅的長長虎牙因反射月光而白晃晃的。

有人騎坐在黑虎上。

那人不是跨在虎背，而是側身坐在未擱任何鞍具的虎背，笑容可掬地望著晴明。

男子穿著黑色狩衣。

「別慌，博雅。」晴明舉起自己的筷子，伸至博雅的盤子。

盤子上有博雅方才吃剩的香魚。說是吃剩的，其實僅剩魚頭、魚骨、背鰭、胸鰭與尾鰭。

晴明用筷尖挑起橫躺的香魚魚頭，將魚頭與魚骨豎立成香魚本來在水中游泳的姿勢。魚骨上安放背鰭，胸鰭放置在左右。最後用筷尖挑起尾鰭，擱在原本的位置——與魚頭完全相反的另一側。

接著用筷尖貼在魚頭上，口中低聲詠唱短咒，再向香魚「呼」地吹了一口氣。

結果，只剩魚頭和魚骨的香魚，竟在宛如有流水的盤子上，搖搖晃晃地順著流水游出去。

香魚魚骨划動著背鰭、胸鰭、尾鰭，在月光下朝黑虎與騎坐其上的訪客游去。

「這……」博雅叫出聲。

老虎見香魚魚骨游過來，宛如喉嚨深處飼養著雷電，口中咕嚕咕嚕發出低沉呻吟。

接下來的瞬間，老虎「轟」地大吼，朝香魚猛撲過去。

博雅只看到這裡。因爲朝香魚猛撲過去的老虎，突然消失了蹤影。

庭院夜色中，只剩下蜜夜與穿著黑色狩衣的男子，立在月光下。

「啐！」

黑色狩衣的男子以左手搔著頸後，蹲下身，伸出右手從草叢中抱起一隻小動物。

是隻小黑貓。那貓小得有如出生不久的幼貓，但觀察其容貌和體態，似乎是成獸。

小貓不停翕動著口，似乎在咬嚼某種東西。藉月光仔細一看，原來是香魚骨。

「牠的尾巴分岔爲二股！」博雅說。

果然如博雅所說，那黑貓的長尾末端分成兩支。

「博雅，那是貓又。」晴明道。

「貓又？」

「是那位大人的式神。」晴明若無其事地回答。

身穿黑色狩衣的男子將黑貓攬入懷中，面帶笑容說：「晴明，我依約來了。」

「歡迎光臨，賀茂保憲大人……」晴明那宛如塗上胭脂的紅脣，也浮出若有若無的微笑。

三

繼續喝酒。現在多了保憲，加上晴明與博雅，總計三人。

「眞是過意不去，讓您受驚了，博雅大人……」保憲將酒杯送到脣邊，說道。

對方既是賀茂保憲，博雅當然認識。方才因事出突然，猛然間沒認出來而已。

在晴明之前，保憲也曾任職於陰陽寮，歷任天文博士③、陰陽博士④、曆博士⑤，之前任職主計頭⑥，目前兼任穀倉院要職。

當然，博雅的官位比保憲高，因此保憲的口吻比較客氣。但博雅對保憲講話的態度，也是謙虛禮讓。

「說實話，我嚇了一大跳，還以爲出現了眞的老虎。」

「要到晴明這兒來，不出些花樣不行。」保憲爽朗回道。

「你覺得這酒味道怎樣？」晴明問。

「是三輪⑦的酒？味道相當不錯。」保憲又將酒杯送到脣邊。

晴明舉起酒瓶往保憲的空杯斟酒，問道：「話說回來，保憲大人……」

「嗯？」

「你今天來的目的是……」

保憲聽畢，用另一隻手搔了搔頭，說：「老實說，我碰到棘手的事。」表情卻從容不迫。

「什麼事？」

「頭顱。」保憲說。

③陰陽寮的職員，博士一名，天文生十名，官位正七品下。

④陰陽寮的職員，博士一名，陰陽生十名，官位正七品下。

⑤陰陽寮的職員，博士一名，曆生十名，官位從七品上。

⑥掌管租庸調的官署，「頭」是主管。

⑦位於日本奈良縣櫻井市內。

「頭顱？」

「藤原爲成好像被奇妙的頭顱附身了。」

「奇妙的頭顱？」

「你聽我說吧，晴明。事情是這樣的……」

於是，保憲開始講述事情的來龍去脈。

四

三天前……

賀茂保憲在清涼殿遇見藤原爲成。

那時，保憲辦完事，正想通過遊廊前往清涼殿⑧，湊巧與藤原爲成正面相遇。

藤原氣色不佳，雙頰消瘦。連保憲走到眼前也沒發覺。

「爲成大人。」保憲叫喚爲成，爲成才察覺眼前有人。

瞬間，爲成縮了一下身子，知道叫喚的人是保憲後，才鬆了一口氣。

「原來是保憲大人，有什麼事嗎？」爲成說。

「你的面相，看起來不太好。」

⑧平安京殿堂之一。紫宸殿是主持儀式的殿堂，清涼殿則是天皇日常起居的殿堂。現在京都御所的建築物是安政年間（西元一八五四～一八六〇年）所建。

「面相？」

「是。」保憲點點頭。

雖然保憲目前擔任穀倉院要職，但過去曾在陰陽寮任職，是眾所周知的事。即便已不在陰陽寮任內，卻仍是陰陽師名門賀茂家的當家，許多門生現在亦於陰陽寮中任職。安倍晴明年少時，也是拜賀茂家的賀茂忠行爲師。

突然被保憲叫住，又被保憲指出「面相不太好」，爲成當然暗吃一驚。

「你的面相，看起來好像剛從墳墓爬出來的死人。」

聽保憲如此說，爲成當下面如土色，泫然欲泣地說：「求、求求你……」又宛如驚弓之鳥，緊緊抓住保憲。「請你救救我，請你救救我……」

然而，畢竟兩人所在的地點非同尋常。

這兒是通往清涼殿的遊廊中途，在此地被爲成纏住，保憲也幫不了忙。甚至進退兩難。

「爲成大人，這兒是公共場所。」保憲說。

爲成聽畢，鬆開了保憲。大概也爲自己慌亂失度的態度而感到羞慚，他調整呼吸，說：

「保憲大人，能不能請你抽出時間，我們到別的地方……」

「別的地方？」

「不瞞你說，我現在正爲了某件事而陷於極可怕的境遇。」

「可怕？」

「是。爲了這件事，想請你幫我斟酌一下……」

「原來如此。」

「保憲大人，這件事，若非你們這種人，絕對無法應付。」

「我們這種人？」

「就是陰陽師……而且必須是道行高深的陰陽師……」

「既然如此，你可以到陰陽寮求救呀。陰陽寮不是有安倍晴明……」

「我剛剛去過了，聽說安倍大人出門了……」

「難道也不在宮中？」

「聽陰陽寮的人說，安倍大人與源博雅大人相偕到逢坂山，去聽蟬丸法師大人彈琵琶……」

「喔……」

「我正不知該如何是好，湊巧保憲大人叫住我……」

「原來是這樣。」

「能不能請你抽出時間聽我講述？我需要你的幫助。」

爲成既如此說，保憲也不好一口拒絕，只好點頭：「好吧，那我就洗耳恭聽了。」

五

「早知事情會變成這樣，當初我也不會叫住爲成大人了……」保憲將酒杯送到唇邊說。

保憲盤腿而坐，雙腳之間，黑色的貓又閉著雙眼蜷成一團。

喝了一口酒，保憲擱下酒杯。

保憲用手指沾了杯中的酒，再將沾了酒的指尖伸至貓又鼻前。貓又微微睜開雙眼，露出綠色瞳孔，再伸出赤舌，舔了保憲指尖上的酒。

保憲又將手指往下滑，輕搔貓又喉嚨。貓又稱心地閉上眼睛，喉嚨咕嚕咕嚕作響。

「可是，當時爲成大人的臉上呈現死相，所以我才情不自禁叫住他……」

「死相啊……」

「嗯。」

「……」

「晴明，你當時要是在陰陽寮就沒事了……」

「真是抱歉。」
「聽說你到逢坂山蟬丸法師大人那兒……」
「那時我和博雅大人在蟬丸法師大人那兒，邊聽琵琶邊享受美酒。」
「啐！」
保憲收回在貓又喉嚨呵癢的手指，搔著自己鼻尖。
「結果，你去了嗎？」晴明問。
「爲成大人的事嗎？」
「是。」
「去了。」
「在哪兒聽他講述事情？」
「牛車內。」保憲說。

六

爲成的牛車停駐在牛車出入口臺階旁，兩人便在牛車內商討。因爲不想讓第三者聽到，才選擇了牛車。
兩人進入爲成的牛車後，將垂簾垂下，打發了隨從。爲成就在牛車內講述起事情。

「不瞞你說，前一陣子開始，我到某女子家訪妻⑨……」

「女子？」

「是藤原長實大人的千金，名叫青音……」

「發生了意外嗎？」

「本來一切都沒事，可是，某天夜晚，在青音姬宅邸前，我撞上某位大人。」

「是嗎？」

「對方是橘景清大人……」

「青音姬腳踏兩條船，卻陰溝裡翻船了？」

「也可以這樣說。」

「接下來呢？」

「我和對方都互不相讓。我不讓，景清大人也不讓。青音姬也很迷惘，不知該選誰。最後，大家說好另擇日期，讓青音姬考慮，看是要選我，還是選景清大人。」

「然後呢？」

「幾天後，青音姬送來一封信。」

⑨平安時代的男女交際習俗是「訪妻婚」，男方於夜晚探訪女方，住宿一夜後，翌日清晨離去。由於沒有法律約束，男方可以隨時中止「訪妻」行為。一旦男方不再來訪，女方可以再度尋覓適當人選。

「哦，信……」

「信中寫著，要我夜晚到一條六角堂。」

「一條六角堂？是那座塵封的六角堂？」

「是。那是先皇時代建立的佛堂，原本預計安放觀音菩薩雕像，但雕刻師卻於佛像未完成之前過世了，結果佛堂就那樣空著，裡面什麼都沒有。」

本來就是小佛堂。只要從入口往前伸直雙手走個十來步，指尖便可以觸碰到正面牆壁。裡面不但沒安放任何佛像，更長年棄之不顧，任憑風吹雨打，以致破爛不堪。

由於無人使用，鮮少有人打開門戶，故被稱爲塵封的六角堂。

「青音姬叫你到那兒？」

「是。信中還吩咐要我單獨一人去。」

「結果，你去了？」

「是。」

「這是什麼時候的事？」

「是昨晚的事。」爲成說。

爲成對保憲的態度，不知不覺中益發恭順，似乎已全心全意想仰仗保憲的力量。

據說，昨天夜晚，爲成出了宅邸。搭牛車來到六角堂後，爲成吩咐隨從翌晨再來接他，便讓隨從與牛車回去。

六角堂內似乎點著一、二盞燈火。

爲成跨入六角堂，發現青音姬與橘景清端坐著。

「原來不只我一人？」爲成問。

「爲成大人，我也想將你的話原封不動送回給你。」景清回道。

爲成對景清的話充耳不聞，轉向青音姬，問道：

「青音姬呀，妳刻意叫我來這兒，難道今晚有什麼好玩的遊戲嗎？」

大概是隨從在白天搬進了雲錦滾邊的榻榻米。青音姬坐在其上，文靜地微笑。

燈火有兩盞，地板上也準備了酒瓶與酒杯。酒杯有三只。

四周不見任何隨從。大概青音姬與景清都讓隨從回去了。

要是在這種地方遭受盜賊襲擊，三人只能束手就擒。而青音姬竟以這種方式叫人赴宴，實在是異想天開的千金小姐。

但是，或許正因爲她這種個性，自己和景清才會迷戀上她——爲成如此暗忖。

仔細想想，除了自己和景清，應該還有其他男子到青音姬宅邸訪妻。只

是湊巧自己和景清撞上了而已。說不定這一切還是青音姬暗地安排的，全爲了今晚的宴會……

自己與景清或許只是配合青音姬的玩興，飾演兩個爭奪女子的男子而已。最起碼，自己是這樣想的。

因此，自己才故意說出「遊戲」一詞，讓青音姬及景清也心照不宣。

如果青音姬依據遊戲結果而選擇自己，當然正中下懷。

反正，今晚的事遲早會傳進宮中眾人耳裡，成爲宮中的閒言閒語。既然自己是傳言中的主角之一，那就盡可能扮演好角色。爲成內心如此盤算。

若今晚的事是青音姬一開始就策劃好的，那麼，自己和景清便是被選中的人。光是如此想，爲成便感覺很光榮。

「喔，是呀，是呀。」景清聽爲成說出「遊戲」一詞，也點點頭。「青音姬呀，妳今晚到底準備了什麼好玩的遊戲？」

聽爲成和景清如此問，青音姬艷麗地微笑說：「今夜，是滿月。」

「滿月？」爲成問。

「不用提燈也可以走夜路。」

「妳是說，我們今晚要走夜路？」景清問。

青音姬不回答，向兩人勸酒：「請喝吧。」

爲成和景清舉起杯子，青音姬拿起酒瓶交互在兩人的杯中斟酒。望著兩人將酒杯送到脣邊，青音姬說：

「從這兒到船岡山途中，有座首塚，你們知道嗎？」

「當然知道。」兩人均點點頭。

這座首塚埋有五顆頭顱。

約二十年前，藤原純友之亂⑩興起，朝廷派小野好古等人鎭壓。天慶四年⑪，純友遭誅殺。

然而，純友的餘黨又淪爲盜賊，在伊予⑫、讚岐⑬、阿波⑭、備中⑮、備後⑯等地爲非作歹，甚至在京城附近作案。最後，巡捕捉拿了五個首謀，帶到京城，判處死罪。

五人全身被活埋在鴨川河灘示眾，只露出頭顱於地面，整整十天，不給吃也不給喝。

每天都有人送食物到他們眼前，但只是讓他們看，不讓他們吃。他們可以聞到眼前地面上食物的味道，卻無法入口。

「拜託給我吃一口……」

「就算吃完後會遭斬首，我也甘願，給吃一口吧。」

「餓呀。」

---

⑩藤原純友雖出身於貴族階級，因在官界無法出人頭地，遂淪為瀨戶內海至九州一帶的海盜首領。同一時期，東國也興起平將門之亂。朝廷慌亂之餘，派小野好古等人鎮壓純友，另一方面，將純友的官階升至從五品下。但純友不接受懷柔政策，最後在九州太宰府敗在官軍手下，西元九四一年於伊予被斬殺。

⑪西元九四一年。

⑫現日本國愛媛縣。

⑬現日本國香川縣。

⑭現日本國德島縣。

⑮現日本國岡山縣西部。

⑯現日本國廣島縣東部。

「餓呀。」

就算哭著哀求，五人依然吃不到任何一口東西。

而野狗與烏鴉卻在他們眼前大快朵頤。

野狗啃咬他們的臉頰，烏鴉啄食他們的眼珠。

罪人能夠活十天，可說是不可思議。這十天中下了三次雨，正是這些雨水潤了他們的喉嚨。要是沒下雨，恐怕撐不過七天。

第十天，執刑的衙役才將他們挖出來斬首。大概衙役怕他們於死後作祟，某人在罪人眼前拋出拳頭大小的石頭，說：「吃吧，是飯糰。」

罪人誤以爲石頭眞是飯糰，各個伸出脖子，結果，依次被斬下頭顱。

斬下的頭顱，每顆都滾到石頭旁。據說，其中之一甚至眼睜睜地咬著石頭斷氣。

原來，衙役故意讓罪人的注意力集中在石頭上，而非集中在執刑者身上。如此，罪人便無法記住執刑者的臉，死後，也就無法向執刑者作祟。

衙役將罪人的頭顱埋在一起，做了個墳塚，再將那石頭擱在墳塚上。

事到如今，聽說夜晚每逢有人路過那墳塚，總會聽到傳自墳塚的聲音。

「餓呀……」

「餓呀……」

「拜託賞點吃的……」
「你身上的肉也可以，請給我吃……」
「餓呀……」
「餓呀……」
「喔……」
「喔……」
據說這種聲音會自背後傳來，一路追趕路過的人。當然，這只是傳聞。
爲成和景清都從未實際聽過這種聲音。
「首塚怎麼了？」景清問。
「我想請兩位今夜到首塚一趟。」青音姬面露微笑，若無其事地說。

七

「這不就和《竹取之翁》那故事的內容一樣嗎？」說這話的是博雅。
博雅聽保憲描述事情的原委後，不加思索便說出這樣的話。
原來青音姬替爲成、景清安排了如下的遊戲：
首先，先讓爲成與景清其中一人離開六角堂，走夜路到首塚，再回到六

角堂。爲了證明走完全程，而非中途折回，此人必須帶回擱在首塚上那個成人拳頭大小的石頭。

其次，第二個人再將那石頭帶出去，放回首塚原地。

「第二個人有沒有將石頭放回首塚，明日早晨我們三人到首塚去確認就行了。」

青音姬當時如此說，又加一句：「只要能辦到這件事，青音便是他的人。」

「萬一兩人都辦到了怎麼辦？」爲成問。

「到時候再來想別的花樣嘛。」青音姬答道。

博雅正是聽到這裡，才情不自禁說出這宛如《竹取之翁》的故事。

《竹取之翁》別名《竹取物語》，又以《輝夜姬》之名廣爲人知。是五位貴公子對來自月亮的輝夜姬求婚的故事。

輝夜姬向這些求婚男子提出幾個難題。她向石作皇子要「釋迦牟尼用過的佛缽」，向車持皇子要「東海蓬萊山的玉枝」，向右大臣阿部要「唐國的火鼠皮衣」，向大納言大伴要「龍首五色玉」，向中納言石上要「燕窩貝殼」。如果有人尋著了這些物品，輝夜姬願意嫁予此人爲妻。在這個晴明與博雅自由呼吸京城空氣的時代，《竹取之翁》故事與漢文書籍並列爲宮中基本教養書之一。

「這遊戲倒很像平日青音姬的作風。」晴明說。

「結果呢?兩人都去了?」博雅問。

「嗯,去了。」右手食指撫弄貓又喉嚨的保憲回道。

八

順序以抽籤決定。

青音姬握著事前準備好的石子,再讓爲成與景清猜測石子在左右手掌哪一方,猜對的人先上路。

景清猜對了。因此,先上路的人是景清。

爲成在六角堂與青音姬邊喝酒邊等景清回來,但景清卻遲遲不歸。

離景清理當回來的時間又過了半個時辰,景清依然不回來。雖然途中有山路,但並不難走。

推開格子板窗往外看,只見令人嘆爲觀止的滿月懸在中空。在這種月光下,的確不用火把也可以走夜路。

難道途中被鬼吃掉了?還是遭遇盜賊了?甚或被首塚內的罪人之靈給拉

進去了?還是……

「因害怕而中途逃走?」爲成舉著酒杯喃喃自語。

即使中途逃走，爲成也不算勝過景清。爲了勝過景清，爲成必須親自到首塚一趟，帶回擱在首塚上的那顆石頭。

然而，自己若離開六角堂，這兒便只剩青音姬一人。雖說這個遊戲是青音姬提議的，但單獨一人留在這兒，應該也會膽戰心驚吧。也許，會哀求自己不要去。

如果青音姬開口阻止，那爲成當然沒必要去，這場勝負，理應算是爲成不戰而勝。

爲成在內心暗忖，自己若開口說要去，青音姬必定會阻止自己。深信事情應會如此的爲成，遂擱下酒杯，向青音姬說：

「青音姬呀，景清遲遲不回來，我去探看一下吧?」

「是嗎?那太好了。」青音姬一口答應，「我剛好也正想拜託爲成大人去取石頭，順便探看一下景清大人到底怎麼回事。你這樣說，實在太好了。」

既然青音姬如此說，爲成也就沒退路可走。

「如果我取來首塚上的石頭，這場勝負可以算是我勝了嗎?」

「當然。」青音姬頷首。

九

爲成往前走著。走在夜路上。

他即將走上通往船岡山的坡道。由於月光明亮，夜路比預料中更好走。

但是，好走歸好走，夜晚要走到首塚，畢竟不是愉快的差事。

內心很害怕。景清那小子……

「一定逃走了。」爲成自言自語。

大概將牛車停駐在六角堂附近吧。叫來牛車，搭乘牛車回家去了也說不定。一定是這樣。

難道這也是青音姬想出的花樣之一？爲成暗忖。

或許是景清和青音姬串通好，策劃了什麼鬼主意。即便如此，自己也無法看穿他們的詭計。

總之，只能繼續前進。

走上坡道，小徑左右上空都是樹木枝頭，掩蔽了半邊月光。

四周很昏暗。

爲成幾度因絆到樹根和石頭而跌倒。不知是第幾次，爲成又絆倒了，隻手撐在地面。無意中抬眼一看，看到某樣東西。

是人。有人倒在地上。

爲成站起身，挨近再仔細一瞧，果然是人，而且是具屍體。身上穿的衣服很眼熟。

「景清大人……」爲成低道。

倒在地上那人，的確是離開六角堂許久的橘景清。

爲成伸手觸摸，發現景清的衣服似乎濕漉漉的，指尖感覺很滑膩。

是血。

爲成大吃一驚。再仔細一看，那屍體沒有頭顱。爲成手指所觸摸的衣服，也格外單薄平坦，溼答答的一點肉體感觸都沒有。指尖甚至碰觸到某種堅硬東西。

屍體上沒有肉！

原來，景清的屍體只剩下一具骸骨。

「哎呀！」爲成大叫，想站起身，卻站不起來。他已經嚇得全身癱軟。

爲成野獸般地用雙膝、雙手四處爬動，想逃離現場。自己也不明白到底想逃離什麼。總之，就是想逃離現場。

爬著爬著，右手觸到某樣東西。不加思索抓到眼前，竟是支肘部以下的手腕——是景清的右腕。

「哇！」

爲成大叫，想拋出手腕，但手指卻緊緊抓住那手腕，拋不開。而且手腕很重。

看來，景清的右手似乎握著某種東西。定睛一看，原來是成人拳頭大小的石頭。

啊，這就是那個石頭……爲成暗忖。

那麼，景清的確去了首塚？然後，歸途中遭遇這種慘變？

爲成好不容易才掙扎站起身來。勉強按捺住顫抖不已的膝蓋，跨出腳步。其實很想奔逃，但腳步踉蹌，跑不起來。

不知何時，爲成左手竟握著那石頭。手中握著石頭，爲成繼續往前走。要儘快回頭。要儘快離開這兒。

由於景清的手也不放開石頭，自然而然，爲成所握的那石頭下，便懸掛著景清的手腕。

爲成手上懸掛著手腕，繼續往前走。

走著走著，膝蓋仍時時會屈折，腰部下沉，幾乎將癱軟在地上。

不過，還是勉強可以走。

爲成漠然不覺自己手上提著景清的手腕在走路。他的思考，已經停頓在「必須將這石頭帶回青音姬那兒」。

爲成往前走著。月光照在他身上，他的雙眸垂掛著兩串淚珠。

突然，耳邊傳來某種聲響。

那聲響很輕微，似乎是兩種堅硬的東西互相碰撞。

咯噹！咯蹬！咯噹！

似乎不只二、三個，有好幾個同樣的聲音傳來。

咯噹！咯噹！咯蹬！

後方也傳來同樣聲音。那聲音逐漸挨近，逐漸增大。

咯蹬！咯噹！喀嗤！喀嗤！喀嗤！

爲成很害怕。怕歸怕，卻不敢回頭。

正當爲成想揚聲大叫、拔腿飛奔，突然有某種力量將爲成的左手往橫一拉。左手傳來類似釣上大魚的那種震動。

爲成瞄了一眼自己的左手，「哇」地大叫出來。

原來，有兩顆披頭散髮的頭顱咬住吊在爲成手下的景清手腕，宛如野狗撕咬肉塊那般，頭顱左右搖晃。

爲成禁不住鬆開手，將景清的手腕拋出去。

「哇！」

爲什麼將手腕帶到這兒？爲什麼途中沒丟掉？

爲成已不在乎什麼石頭了。青音姬的事，也不放在心上了。

「餓呀……」

「餓呀……」

耳邊傳來聲音。低沉又令人毛骨悚然的聲音。

咯噹！咯蹬！

喀嗤！喀嗤！

那是頭顱咬牙切齒的聲音。

「這小子，竟膽敢奪取我們的食物！」

「這可是我們久違二十年的食物！」

爲成抬眼一看，發現月光下懸空浮著幾顆頭顱，正瞪視爲成。

「爲成……」

「爲成……」

聲音又傳來了。是爲成熟悉的聲音。

仔細一看，幾個頭顱之中也有景清的頭顱，正以怨恨的眼神望著爲成。

「爲成，你打算自己帶回石頭，博得青音姬的歡心吧……」

這以後的事，爲成完全不記得。只記得「哇」地大叫一聲，拔腿飛奔。死命奔跑，好不容易才回到六角堂。

「姬，姬呀，青音姬呀，青音姬呀。」爲成關上大門，吧嗒吧嗒拉下格子板窗。

「爲成大人，什麼事令你如此慌張呀？」

「景清大人被頭顱吃掉了！」爲成口乾舌燥地回道。

「是嗎？」

望著面帶微笑的青音姬，爲成不禁不寒而慄。

坐在眼前的青音姬，身軀面對的方向與臉孔面對的方向不一致。

身軀明明背對爲成，臉孔卻面向爲成。如果是轉著脖子回頭面向爲成，肩膀與背部應該或多或少也會扭轉過來，但青音姬卻只是臉孔面向爲成。

此時，爲成總算察覺到一件事。

青音姬的坐席四周，有一圈往外擴散的東西。

是血。

爲成又察覺到遍地零星散落著紅色碎片。

是人肉。

「怎麼了？」
青音姬的頭顱在燈火亮光下，輕飄飄地浮在半空。身上的十二單衣掉在榻榻米上堆成一團。
「哇！」爲成大叫一聲，拔腿往前衝，衝向浮在半空的青音姬頭顱。
爲成抓下青音姬頭顱，再跑向還未拉下來的格子板窗前。
「你想幹什麼？爲成大人！」
爲成將發出斥喝的青音姬頭顱往外一拋，接著拉下格子板窗。
拋出頭顱時，雖然被咬破了右手手指，但爲成還是慶幸能即時將頭顱拋出去。
咚！
爲成還來不及鬆下一口氣，便有某種重物在撲撞格子板窗。
咚！
砰！
砰！
頭顱在撞擊板窗。
「爲成大人，請開窗呀。」聲音傳進來。
「你的肉給我吃呀。」

「餓呀。」

「餓呀。」

魂飛魄散的爲成從板窗縫隙往外看，只見幾顆頭顱在月光下飛舞。

那些頭顱在撞擊板窗。

咚！

砰！

咚！

砰！

「爲成大人……」

「爲成大人……」

「你的肉給我們吃呀！」

「給我們吃呀！」

咚！

砰！

爲成淚流滿面地喃喃唸經。

幸好，頭顱缺乏擊開板窗或門戶的力量，不久，東方上空也逐漸發白。

「哦，快天亮了。」

「哦。」

「哦。」

「無所謂，反正我知道爲成住在哪裡。」景清的聲音響起。

「我也知道。」青音姬的聲音也響起。

「今晚再去他家吧。」

「是呀，今晚去他家。」

「去吃他的肉。」

「嗯。」

「嗯。」

如此，外面終於安靜下來。

陽光射進六角堂時，爲成等不及牛車來接，便衝出六角堂逃之夭夭。

十

「結果，正是那天中午，我在清涼殿的遊廊遇見了爲成。」保憲說。

「原來如此。」晴明點點頭。

「然後，這三夜來，我都守護著爲成大人的安全……」

「發生了什麼事嗎？」

「是啊，晴明，這事很麻煩……」

「麻煩？」

「光是保護爲成大人的安全，只要在宅邸適當之處貼上幾張符咒，再關緊板窗就沒事了。」

「今晚呢？」

「我給爲成大人四張符咒了。雖說多少得受點驚嚇，不過只要不打開板窗，應該沒事。問題是……」保憲頓住口，望著晴明，接著說：「總不能每晚都這樣下去吧。」

「以保憲大人的力量，應該可以讓那些頭顱不再出現……」

「當然可以。」保憲點點頭，「我是有幾個方法可讓那些頭顱不再出現。若問我辦不辦得到，答案是辦得到。可是……」

「可是什麼？」

「晴明，你應該知道我想講什麼。我向來最怕捲入麻煩事。光想到那些應付頭顱的方法，我就累得要死。要我趴在地上找東西，或出門到處去拜託別人暗中處理事情，我做不來。」

「我知道。」晴明苦笑。

「光是派人到六角堂尋找屍體，再將屍體運到各自的宅邸，我就想撒手不管了。雖然目前尚未曝光，但景清大人和青音姬到底如何死的，總有一天會傳出來吧。」

「是啊。」

「所以我想在事情曝光前解決。」

「解決？」

「晴明，你來接棒好不好……」

「接棒嗎？」

「是啊。說來說去，這本來是你應該接下的工作。我已經代你做了一半，剩下的換你來做……」

「換我做嗎？」

「對。」保憲事不關己地將酒杯送到脣邊。

「首塚那邊，現在怎麼了？」晴明問。

「我沒去看，但聽說五個頭顱全都自首塚中脫逃了。」

「擱在首塚上的石頭呢？那石頭上，應該寫著什麼東西吧？」

「石頭上寫著『封・靈』二字。不過，字已經消失了……」

「如果我沒記錯，那是二十年前淨藏上人寫的吧？」

「正是。將門之亂、純友之亂那時，淨藏大人爲了降伏惡靈，曾經修得大威德法。」

「淨藏大人目前身居東山雲居寺吧？」

「晴明，連這點你都知道的話，那剩下的事不是可以一手包辦？」

「可以是可以……」晴明苦笑。

「有其他問題嗎？」

「那石頭，現在在哪裡？」

保憲聽晴明如此問，放下右手的酒杯，將右手伸入懷中。抽出手時，手中握著成人拳頭大小的石頭。

「在這兒。」

「既然你都準備好了，我大概也不能拒絕。」

「萬事拜託。」保憲語畢，又伸手舉起酒杯。

十一

「這樣就可以嗎？」說此話的是博雅。

兩人身在藤原爲成宅邸。

博雅的隨從實忠正站在窄廊上用繩子綁住一頭狗屍，倒栽蔥地懸掛在屋簷下。那是實忠在京城內找來的野狗屍體。

「嗯。」晴明點頭。

屍體臭氣沖天，站在庭院中的晴明與博雅也能聞到。因爲狗屍全身塗滿了蔥汁。

「接下來，就等夜晚來臨吧。」晴明說。

十二

夜晚。晴明與博雅靜坐在黑暗中。

格子板窗都緊緊關上，也不點任何燈火。

眾人中，只有藤原爲成呼吸急促。實忠半跪在懸掛狗屍的屋簷附近，耳朵貼在板窗上。

「好像有聲音。」實忠說。

不久，那聲音也傳至博雅耳裡。

那聲音咯噹、咯噹作響。其間也傳來牙齒咬合的喀嗤、喀嗤聲。

聲音逐漸挨近。

「餓呀……」

「餓呀……」

「爲成大人，你今晚仍貼了符咒、緊閉板窗嗎？」聲音說。

過一會兒，那聲音又異口同聲地說：

「喔，這兒有肉！」

「是狗肉！」

「是肉！」

接著傳來咬食狗肉的嘖嘖聲，又立即變成野獸狼吞虎嚥獵物的嘖咂。

「博雅，你看……」

聽晴明如此說，博雅從板窗縫隙往外觀看，只見飛舞在半空的七顆頭顱，緊緊咬住懸在簷下的狗屍，在月光中大啖狗肉。

「太悽慘了……」博雅低道。

眾頭顱咬住狗屍，大口大口咬食狗肉，但吞下的狗肉卻都從頭顱下方掉落在地面或窄廊上。

六角堂地板上那些碎肉，大概是青音姬的人肉遭頭顱如此咬食後而掉落下來的吧。

這樣一來，有吃等於沒吃，肚子根本塡不飽。

「喔，餓呀。」

「餓呀。」

「吃得再多，還是餓呀。」

頭顱的聲音傳進來。不久，又傳來令人毛髮皆豎的聲音。

咯吱！咕咚！嘎吱！咕吱！

是啃咬狗屍骨頭的聲音。

再過一會兒，那聲音消失了，接著是頭顱四處撞擊宅邸牆壁的聲音。

「開門呀。」

「給我們吃肉呀。」

「爲成大人……」

「爲成大人……」

聲音整整鬧了一夜。將近天亮時，四周才突然安靜下來。

朝陽升上後，眾人來到外面，只見窖廊、地面、屋簷下，遍地都是啃食過的狗肉與骨，慘不忍睹。

「該走了。」晴明催促博雅與實忠。

實忠肩上扛著一把鋤頭。另有一隻白狗忙碌地嗅著地面、空氣中的味道，帶領三人往前走。

「牠在追蹤蔥汁味道。」晴明說。

不久，白狗鑽進爲成宅邸庭院中另一棟房子的地板下，開始狂吠。

「實忠，進去吧。」

晴明說畢，實忠握著鋤頭鑽進地板下。接著，地板下傳來鋤頭掘地的聲音。過一陣子，又傳出實忠的聲音：「找到了！」

實忠從地板下的泥土中挖出七顆頭顱。其中五個年代已久，另兩個則還很新。新的頭顱，正是青音姬與景清的頭顱。

「事情結束了。」晴明低聲自語。

「哎，眞是情何以堪呀。」博雅像是鬆了一口氣，吐出憋住的氣息。

十三

青音姬與景清的頭顱埋在一起，其他五顆頭顱埋在原本的首塚內。首塚上再度擱著請淨藏上人重新揮筆寫上「封・靈」二字的石頭。

或許是與頭顱同時埋下大量食物之故，那以後，夜晚每逢有人路過首塚一旁，已聽不到怪聲了。

十四

兩人悠閒自在地喝著酒。在晴明宅邸的窄廊上。

窄廊上，坐著晴明、博雅、保憲三人。

保憲與先前那晚一樣，盤坐的雙腿之間摟著正蜷成一團睡覺的貓又。

保憲伸手到擱在地板的酒杯前，用指尖沾了杯中的酒，再移到黑貓鼻尖。看似熟睡的黑貓，微微張開雙眼，伸出赤舌，舔著保憲沾酒的指尖。

「晴明啊，這回的事件，你解決得太漂亮了……」保憲說，讓黑貓舔著指尖上的酒。

「不，那是因爲保憲大人於事前準備好一切了……」晴明的紅唇含著微笑回道。

「話說回來，那光景實在悽慘……」博雅不勝感喟地說。

博雅說的，似乎是自爲成宅邸板窗縫隙望出去時所見，那些頭顱咬食狗屍的光景。

「無論吃多少，吃進嘴裡的東西都從喉嚨底下掉出來，吃再多也塡不飽肚子。雖說是一群死不瞑目的陰魂，不過，那或許正是人的本性。」

「怎麼說呢？」

「只要將那看似齷齪的模樣視爲人性，我便覺得，那光景有一種說不出來的悲哀，而且令人心疼。」博雅好像陷於那晚的回憶中，頓住口，將視線拋向庭院。

夜晚的庭院，景色已全然換上秋裝。庭院正等待即將來臨的冬季，在月光下文風不動地緘默不語。

「讓我吹段笛子吧。」

博雅說畢，從懷中取出葉二——那支妖鬼送給博雅的笛子。

博雅沉靜地將笛子貼在脣上，開始吹奏。笛子滑出優美、光帶般的旋律。笛聲在月光下伸展，擴散至秋色庭院。

月光與笛聲融合在秋色庭院中，令人一時辨別不出孰是月光，孰是笛聲。

連坐在窄廊上的博雅的氣息——甚至肉體，都彷彿要融化於天地之間。

「喔……」保憲發出讚嘆聲，「這就是博雅大人的笛聲呀……」聲音似在呢喃。

晴明不出聲，只傾耳靜聽，聽那穿過自己肉體、融化於天地間的笛聲。

博雅無止境地持續吹著笛子。

蟲姬

一

夜氣中飄蕩著甘美氣味。是藤花香。

庭院深處，藤花正在盛開。

藤蔓纏繞在老松上，懸吊著數串足以讓孩童環抱的粗重藤花。

花色有白有紫。

兩種顏色的藤花，在黑暗中沐浴著青色月光，淋濕一般散發淡濛濛的靜謐光澤。一度滲入藤花的月光，猶如在藤花內發酵後再形成甘美香味，最後流露於大氣中。

「簡直像是月光散發香氣一樣，晴明……」源博雅信口說出浮上心頭的感想。

晴明宅邸的窄廊上，博雅與晴明相對而坐在喝酒。

晴明穿著涼爽的白狩衣，紅脣上浮出酒香始終殘留在口中般的微笑。

黑暗中，幾隻螢火蟲飛舞。

螢火蟲的亮光輕靈地飛往半空，再陡然消失。視線若追著螢火蟲的動向，卻在視線外冷不防又燃起螢火蟲的亮光。

兩個身穿十二單衣的女子各自坐在晴明與博雅一旁，每當兩人的酒喝光

了，便無言地往兩人杯內斟酒。

女子是蜜蟲、蜜夜。晴明如此稱呼這兩個式神。

晴明與博雅所用的酒杯，是胡國傳來的琉璃酒杯。

若指尖舉著盛滿酒的酒杯，伸到屋簷外，在月光照射下，酒杯會發出宛如透過玻璃觀賞新綠嫩芽的色澤。但由於光源是月光，那色澤會變成帶點青色的墨綠。

「琉璃這東西，在月光下看來，好像是個拘捕月光的牢籠……」博雅舉起酒杯說。

博雅雙頰已微微泛起紅暈。

兩人閒情逸致地喝酒，也閒情逸致地微醉了。

晴明支起單膝，聆聽稱心愜意的音樂般，傾耳靜聽博雅的聲音。

「不，不是牢籠。酒杯自己留宿月光，讓月光進駐，該說是容器？好像也不是，應該類似住居……」博雅自問自答。

「對了，博雅……」晴明喚了博雅一聲，含了一口酒，「……有關那件事……」晴明將酒杯擱在窄廊，蜜蟲復又往內斟酒。

「什麼事？」

「捉起來關進去的事。」

「捉起來關進去？」
「嗯。」
「我聽不懂。你在說什麼？」
「你知道橘實之大人的千金嗎？」
「你是說，住在四條大路的露子姬？」
「是。」
「那我知道。」
「見過面嗎？」
「沒有。」
「不過，應該聽過風聲吧？」
「唔。」
「聽說她喜歡養蟲。」
「好像是吧。聽說她讓幾個童子去抓蟲，抓回來的蟲就養在特製籠子內。」
「好像是很有趣的姑娘。」
「有趣？」
「據說，她不但不拔眉毛，也不染牙齒①，有男子在場也不避嫌，直接掀

①當時認為將牙齒染黑是一種美。

起垂簾與人對話。」

「沒錯。宮中某些喜歡閒話的人，稱露子姬爲蟲姬。」

「原來如此，蟲姬……」晴明點頭，又舉起盛滿酒的酒杯，送到脣邊。

「對了，聽說那蟲姬說過……」博雅舉著酒杯說。

「說過什麼？」

「女子與牛鬼蛇神，最好不要讓人看見……」

「喔……」晴明讚佩般地叫出聲。

「眞希奇，晴明，沒想到你也會有這種表情。」

「看樣子，那位姑娘似乎很聰明。」

「爲了女兒，聽說橘實之大人很頭痛。」

「爲什麼？」

「橘實之大人想讓女兒能夠進出宮中，請人教她種種禮節規矩和書法。

可是，露子姬卻無意出入宮中。」

「唔。」

「聽說，她討厭宮中那種拘束的地方。」

「原來她認爲宮中是拘束的地方……」

「嗯。」

「說得一點都沒錯……」晴明浮出微笑。

二

橘實之的女兒——露子姬，自幼便與一般孩童相異。

所謂一般孩童，當然是指父親在宮廷當官的孩童。露子的例子，以普通眼光來看，應該只是正常女孩而已。

不過，露子與眾不同之處，是她成長後依然保持正常孩童具有的特性。

她喜歡觀察東西，也喜歡觸摸東西。

樹木、石頭、花草、流水、浮雲、天空……她經常以好奇的眼神望著這些東西。每逢雨天，她可以整天不厭其煩地坐在窄廊上，觀看自上空落下的雨滴在庭院積水中泛成一圈圈漣漪。

在外面若看到罕見的花草，會帶回宅邸，種在庭院。

碰到從未見過的花草鳥蟲，必定詢問其名。

「那叫什麼？」

如果沒人答得出來，便會派人到處查詢。查不出結果，就自己爲那些花草鳥蟲取名。還會請來畫師，讓畫師畫下那些不知名的花草鳥蟲，再於一旁

寫下自己取的名稱。

成人之後，乾脆自己提筆作畫，畫下所有首次所見的花草鳥蟲，再爲牠們取名。

露子最感興趣的是蠋。蠋，毛毛蟲也。

她經常捕捉毛毛蟲回來，養在籠子裡。起初老是養不活，後來逐漸知道哪種毛毛蟲必須餵養哪種植物葉子後，便難得再讓毛毛蟲斃命了。

籠子底層是木板，上面是四方型木框，周圍四面與上面張貼紗或絲綢。將毛毛蟲放入籠中，再放入青草或葉子，便可以透過紗或絲綢觀察毛毛蟲啃咬青草或葉子的模樣。

露子有時候會打開籠子，抓出毛毛蟲，擱在掌上，百看不厭。服侍露子的女僕見狀，個個都感覺很噁心。

「毛毛蟲到底有什麼好玩呢？」女僕之一問。

「咦，好玩就是好玩呀。」露子姬回道，「看牠們現在明明沒翅膀，但以後會長出翅膀，也會在天空飛呢。這不是很不可思議嗎？正因不可思議，才好玩嘛。到底是什麼神力令牠們這樣呢？只要一想起這個問題，想整天也不會煩膩。」

「可是，毛毛蟲是變成蝴蝶之前的幼蟲啊。還沒長出兩片翅膀的毛毛蟲，不是很噁心嗎？」

「啊呀，妳都不知道，蝴蝶的翅膀不是兩片，是四片。我不是因爲牠是蝴蝶才感到好玩，也不是因爲牠是毛毛蟲才感到好玩，而是覺得毛毛蟲變成蝴蝶的過程好玩。」

然而，女僕皆不懂露子姬語中含意。

「因爲是花、是蝶，世人才喜愛，這太虛幻也不可靠。人要追求眞實、本質，才能得到快樂。」

世人只見花、蝶的外表，就以其美醜來判斷價值幾何，這太可笑了。人必須具有想洞察眞實、追求事物本質的心，人生才會有趣。露子姬所說的道理，以現代人眼光來看的話，類似科學家或學者。

「毛毛蟲的心，深邃又嫻靜。」

露子姬的意思是，觀察毛毛蟲時，總覺得牠們似乎深謀遠慮，給人極爲嫻雅的感覺。

露子姬不只收集毛毛蟲。狗、貓、鳥當然不在話下，連蛇、蟾蜍都養。

由於女僕都不願代主人收集這些生物，不知不覺中，露子姬身邊便聚集了一些膽壯男童，隨時叫他們去捕捉螳螂或蝸牛。

只要捕捉到首度看見的生物，露子姬便爲牠們取名。不僅爲蟲取名，也

爲這些男童取了綽號。

螻蛄男、蟾麻呂、蝗麻呂、雨彥。

「螻蛄男呀，你這次抓來的螳螂，好像與上次的有點不同。」

「蟾麻呂，你找來的那隻蝸牛，外殼旋渦和普通蝸牛不同，是逆轉方向喔。」

「蝗麻呂，原來你抓來的毛毛蟲是獨角仙。」

「雨彥，你在河裡找到的蟲，我給牠取名叫水嗡嗡。」

每逢男童找來罕見的蟲，露子姬便會賞賜他們想要的物品。因此，露子姬宅邸內經年都有許多蟲。

雖然露子姬偶爾會與女僕串通一氣，偷跑到宅邸外，但畢竟身分是千金小姐，無法隨心所欲單獨外出。因而男童每次送蟲到宅邸來時，露子姬會詳細詢問在哪個場所捕捉到蟲、蟲當時的狀態、捕捉方式，然後記載下來。

露子姬今年已十八歲了，卻不做一般貴族小姐該做的修容事項——把牙齒染黑。笑時，紅脣內會露出白皙牙齒。她不拔眉毛，當然也就不畫眉毛，兩道眉毛都是天生自然的眉毛。臉上也不施脂粉。朝夕梳髮時，不用梳子，只用手指隨便整理一下，兩側垂髮塞到耳後②。

世間一般千金小姐該做的事，她都不做。頂多閱讀、練習書法、學習樂

②按當時的規矩，貴族小姐不能露出耳朵。

器而已。尤其甚愛閱讀，讀的書比一般人多，甚至可以背誦《白氏文集》、《萬葉集》等。

父親橘實之時常向女兒嘮叨，露子姬卻充耳不聞。

「露子呀，妳身邊老是環繞著昆蟲，這樣會影響妳的風評。妳喜歡毛毛蟲並非壞事，但世人都比較喜歡漂亮的蝴蝶。有關這點，妳能不能多體諒一下父親的立場？」

「如果老是計較世間人言，那就什麼也做不成了。我覺得探究萬物現象，徹底鑽研這方面的奧義，比計較世間人言來得有趣多了。」

「可是，妳不覺得毛毛蟲很噁心嗎？」

「怎麼會噁心呢？父親大人所穿的絲綢衣服，都是毛毛蟲吐出來的絲製成的。當牠們破繭而出，長出翅膀，蠶便會死去。這世上還有什麼東西比蟲更可愛呢？」

「那麼，妳至少也得修整一下眉毛和牙齒吧？我不會再叫妳入宮了，但妳總得跟一般人一樣打扮打扮，要不然沒人會多瞧妳一眼。就算找到門當戶對的好男人，妳這個模樣，恐怕連親事都談不起來……」

「父親大人，我很感謝您關心我的親事，可是，我就是我呀。如果沒人願意接受我這個模樣，那就別談什麼親事了。」

「話雖如此，那是因爲妳涉世未深，才會說這種話。露子呀，拜託妳聽一下我的話。妳的容貌比別人漂亮，只要再打扮一下，裝飾一下，一定會出現好男人的呀……」

儘管實之好言相勸，露子姬還是繼續養蟲，不拔眉毛，也不染黑牙齒。

「我就是喜歡這樣……」露子姬喃喃自語，又微笑說，「女子與牛鬼蛇神，最好不要讓人看見……」

三

「原來如此，女子與牛鬼蛇神，最好不要讓人看見……」晴明將酒杯送到脣邊。

「不過，晴明啊……」博雅叫喚晴明。

「什麼事？博雅。」

「那個……最好不要讓人看見的意思……」

「有問題嗎？」

「我知道女子最好不要讓人看見的道理。」

「唔。」

「貌美如花的女子，故意躲藏在垂簾或屏風後，不讓人看見，的確是一種典雅風情。而且，也因爲看不見，男子可以自對方的文章、和歌、聲音，想像對方的容貌，並激起思慕之情。」

「唔。」

「可是，鬼呢？」

「……」

「露子姬說，鬼最好也不要讓人看見，她眞正的意思，並非人最好不要遇見鬼這麼單純吧？」

「大概吧。」

「那，到底是什麼意思？這句話的含意，我還是不大清楚。」

「……」

「你懂嗎？晴明，如果懂，能不能告訴我這句話的意思？」

「簡單說來，是一種咒。」

「又是咒？」

「不滿意？」

「不滿意。你每次一開始講咒，話題總會突然變得很複雜。」

「一點都不複雜。」

「不，很複雜。」
「真是傷腦筋。」
「有什麼好傷腦筋的？你只要不拿咒來比喻，直接告訴我答案就行了。」
「博雅，我沒拿咒來比喻，咒本來就是咒啊。」
「總之，你用咒以外的方法，告訴我答案吧。」
「好吧。」晴明苦笑，點點頭。
「開始說吧。」
「博雅，這句話的意思是……」
「唔，唔。」
「我先問你，鬼這玩意兒，住在哪裡？」
「住在哪裡？」
「是的。」
「住、住在……」博雅支支吾吾，接著猛然想起某事般，回道：「……住在人身上。」
「人？」
「就是人心。鬼不都是先潛入人心，再住下來嗎？」
「正是如此，博雅。」

「唔，唔。」博雅點頭。

「無論任何人，內心都住著鬼。」

「嗯。」

「所以，人才會彼此尊重。」

「……」

「而且，爲了不讓鬼自內心跳出來，人也會尊重自己。不讓鬼跳出來的結果，是人會吹笛，也會作畫，甚至拜佛。」

「……」

「爲了不讓鬼自內心跳出來，人便會如尊重自己般，也尊重別人。」

「唔，唔。」

「鬼，住在人心。但正因爲人們看不見人心中的鬼，才會懼怕別人，也會尊敬別人、思慕別人。如果大家都看得見人心中的鬼，這世上不是很無趣？」

「晴明啊，你是說，如果大家都看得見人心，這世上便會很無趣？」

「沒錯。因爲看不見人心，這世上才有趣。」

「原來是這個意思。」

「唔。」

「我說得沒錯吧，不拿咒來比喻比較易懂。」
「沒那回事，用咒來比喻的話，更簡單。」
「不，拜託你別再提起咒，對我來說，剛剛的說明已經夠了……」
「是嗎？」
「可是，晴明啊……」
「什麼事？」
「話雖如此，人還是會化爲鬼吧？」
「那還用講？當然會。」
「當然會嗎？」
「因爲終究是人嘛。」晴明低道，又含了一口酒。
「果然有道理，我現在總算知道你爲什麼說露子姬很聰明了。」博雅望了晴明一眼，問道：「話說回來，晴明，到底怎麼回事？」
「什麼意思？」
「剛剛你不是問我知不知道露子姬的事嗎？難道露子姬發生了什麼事？」
「正是。」晴明頷首，將酒杯擱在窄廊。「老實說，今天中午，橘實之大人來過一趟……」

四

橘實之只帶著一名隨從造訪晴明。

牛車穿過大門後停下來，橘實之藏頭露尾地下車，請求晴明晤面。

實之的官位是從三品，身分比晴明高。按理他不必特意親自搭牛車到晴明宅邸。顯然是微行。

與晴明相對而坐後，實之開門見山便說：「我碰到束手無措的事。」

「什麼事？」晴明沉著地問。

「有關小女的事。」實之嘆了一口氣，「晴明，你應該也聽過小女的風聲吧？露子她……」

「聽說令嫒喜歡養蟲？」

「正是這件事。」

「蟲有什麼問題嗎？」

「有……」實之說畢，有如看到可怕的東西，縮了縮脖子。「而且問題極爲嚴重。我忍耐了一陣子，實在受不了，只好來找你商量。」

「我洗耳恭聽。」

「說實話，是毛毛蟲的事……」

實之開始講述事情的來龍去脈。

五

約一個月前，露子又養了奇妙的毛毛蟲。是隻全身漆黑、無毛的毛毛蟲。約有成人姆指般大，身上有刺眼的紅斑。

抓蟲來的是螻蛄男。

據說，螻蛄男在神泉園搜尋蟲時，湊巧與眼同高的地方，有剛發嫩葉的櫻樹枝，黑色毛毛蟲正是在那樹枝上。

毛毛蟲在啃咬櫻花嫩葉。

一般說來，棲息在櫻花樹上的毛毛蟲，身上都有毛。然而，那隻毛毛蟲，身上卻無毛。光是無毛這點便已非常希罕，況且毛毛蟲的形狀與顏色，均是螻蛄男從未見過的。

螻蛄男立即折下櫻樹枝，帶到露子姬宅邸。

「哎呀，眞是希奇的毛毛蟲。」露子驚喜地叫出來。

露子也是第一次見到這種毛毛蟲，當然也不知道毛毛蟲的名稱。

「反正不管問誰，大概都沒人知道牠的名稱，我來給牠取名算了。」

露子爲那隻毛毛蟲取了名字。

「看牠全身這麼黑，身上又有圓斑，就叫黑丸吧。叫黑丸好了。」

於是，那毛毛蟲的名字便成爲「黑丸」。

「不知道黑丸會變成什麼蝴蝶？是翅膀很大的鳳蝶？還是跟牠身上的顏色一樣，是隻黑翅的蛾？不過，身體雖是黑色，羽化時可不一定會變成黑翅膀，眞期待！」

露子將那毛毛蟲養在四面貼紗的籠子裡。將長出嫩葉的櫻樹枝放進去後，黑丸便沙沙地啃咬起嫩葉來。

第二天早上，露子發現異變。

前夜放進去的櫻花嫩葉，不但全部吃光了，籠子裡的黑丸也比前夜增大了兩圈以上。黑丸的身軀，比兩隻成人拇指合起來時還要長，且粗大。

「眞會吃。」

露子又放進眾多櫻花嫩葉，不一忽兒，黑丸照樣吃光了。

第三天早上，黑丸長得更大，而前夜塞進的滿籠子櫻葉，也都不見了。

「哎呀，黑丸呀，你到底是怎樣的毛毛蟲呢？」

露子又給了很多櫻葉，黑丸依然在眨眼間便全部吃個淨光。

第五天，黑丸已成長爲芋頭那般大。原本的籠子裝不下，露子又製作了

更大的籠子，把黑丸移過去，但新籠子也是撐不了多久便嫌狹窄。

即便給再多櫻葉，黑丸總是立即吃光。沒葉子可吃時，黑丸會發出吱、吱叫聲。毛毛蟲會發出叫聲，本來就很不可思議。

露子試著給黑丸吃庭院中的其他葉子和青草，黑丸照樣不加思索便吃掉了。

第十天早上——

露子觀看籠子，發現紗布破裂，黑丸不在籠子內。

「黑丸呀！黑丸呀……」

露子四處搜尋黑丸的蹤跡，腳下突然踏到某種奇妙感觸的東西。有點硬、又似乎很柔軟的細長東西。

露子抓起來仔細一瞧，才發現那是老鼠尾巴。露子尖叫一聲，將手中的東西拋到庭院。

庭院草叢中，有個會動的東西。露子跨下木階來到庭院，定睛一看，發現那是已長成貓般大小的黑丸。

「黑丸？」

黑丸躲在草叢後，正在吃老鼠。

可是，黑丸只是毛毛蟲，爲什麼能夠捕捉類似老鼠那般行動敏捷的獵物呢？

露子終於知道理由。

黑丸吃完老鼠後，開始移動。由於身軀比先前大許多，黑丸在地上匍匐的速度也加快許多，但還不到能夠捕捉老鼠的速度。

黑丸離開後，原處躺著一隻只剩頭顱的老鼠屍骸。

露子在黑丸身後追趕。冷不防，黑丸停止匍匐，弓起背，全身縮起來。

露子伸出雙手想抓住黑丸，黑丸卻突然跳躍起來。

黑丸自地面上躍起，以驚人的速度騰空跳到另一方的松樹，緊緊貼在樹幹上。

「哎呀！」露子一旁的女僕都驚慌失措地往後退。

如果挨近黑丸，黑丸跳到自己身上的話……女僕個個嚇得雙腿發軟也是理所當然的事。

只有露子一人挨近黑丸。

「黑丸，你這孩子真是的……」

露子向貼在松樹樹幹、扭動著身軀往上攀爬的黑丸伸出雙手，眾女僕發出悲鳴。然而，露子還是面不改色地抱住黑丸，將黑丸從樹幹上扯下來。

「哎呀，妳想做什麼？」

「萬一跟那老鼠一樣被吃掉怎麼辦？」
「快快丟掉那東西！」
女僕望著露子手中那不停蠕動的噁心東西，異口同聲道。
「同樣是這麼大的貓咪也會吃老鼠呀。不過，貓咪可不會吃人呢……」
吱！
吱！
黑丸在露子手中發出叫聲。
雖然露子又用木頭製作了新籠子，把黑丸關在裡面，但黑丸還是逃了出去。黑丸竟咬斷木籠，從破洞逃出。待露子在庭院發現黑丸時，牠已長得像狗一般大，正在庭院吃青蛇。
此時，已沒有任何女僕膽敢接近黑丸。
「殺掉牠吧。」
「從沒看過這種毛毛蟲！」
「那一定不是這世上的東西，是妖物。」
儘管女僕眾口一詞地排斥黑丸，露子依然故我。
「妳們在說什麼呀？因爲沒看過，才要養下來嘛。」
事情終於傳到父親橘實之耳裡。

「從來沒聽過毛毛蟲會吃老鼠或青蛇的，那一定是妖物。露子呀，看是要殺掉黑丸，或丟掉黑丸吧。」

「怎麼可以殺掉呢？我要看牠到底會羽化成什麼東西，所以不能丟掉。再說，父親大人，您如何知道牠一定是妖物呢？」露子意志堅定地反駁。

「如何知道？那還用說明嗎？妖物就是妖物……」

「所以我在問，父親大人如何知道牠是妖物的？」

「我當然知道。」

「就算是妖物，我也想看牠到底會羽化成什麼。」

簡直是雞同鴨講。

實之對女兒完全沒轍，最後只好向晴明求救。

六

「晴明，我眞的拿露子一點辦法都沒有。」實之向晴明說。

「既然如此，黑丸目前究竟長得多大了？」

「唔，那以後，已過了十多天。三天前，我去看時，大概有仔牛那般大。」

「仔牛那般大嗎?」

「那麼大的話,露子也無法幫牠做新籠子了,只好在牛欄內增設柵欄,關在裡面。」

「那毛毛蟲的模樣……露子小姐有沒有將黑丸的模樣畫下來?」

「有,我帶來了。」

實之從懷中掏出疊起來的紙張,在晴明面前展開。

晴明取來一看,紙上果然畫著一隻漆黑毛毛蟲,而且如實之所描述,毛毛蟲身上也畫著紅色斑點。

晴明仔細看了一會兒,開口道:「唔……」

「如何?」

「實之大人,」晴明一本正經地說,「您是不是隱瞞了什麼事?」

「沒、沒有。我沒隱瞞任何事。」實之現出動搖的神情。

晴明望著實之,無言地凝視。

「你、你是說,我向你隱瞞了什麼事?」

「請原諒我的失禮。我是說,您是不是忘了說明某些事?能不能請您回想忘了說明的事?」

晴明再度凝望實之。那眼神,宛若連對方腹中裝了什麼食物,都會看穿一般。

「晴、晴明……」

「您想起來了？」

「想、想起來了。」

「那麼，請您說說現在想起來的事。爲了這問題，您曾到某地造訪過某人吧？」晴明露出微笑。

「啊、啊，是的。」

「是誰呢？」

「是、是蘆屋道滿……」

「喔，原來是道滿大人……」

「是。」

「找他做什麼？」

「這……就是，拜託他做一件事。」

「什麼事？」

「就是露子的事。」

「然後呢？」

「我請他幫我解決露子喜歡養蟲的問題……」

「是嗎？」
「我問他，有沒有什麼方法可以改變露子。」
「道滿大人怎麼說？」
「他說有方法。」
「什麼方法？」
「給、給露子下蠱就行了。」
「原來是蠱。」
據說，道滿如此吩咐實之：首先，任何種類的毛毛蟲都可以，蒐集千隻。再將千隻毛毛蟲放進大小適中的甕中，接著，再殺掉一隻狗，將狗的血肉注入甕中。
其次，封上蓋子，蓋上貼著吾人寫的符咒。把甕埋在土中，十天後再挖出來。到時候，甕中大概只剩一隻啜飲著狗血肉而生存下來的毛毛蟲。最後讓你女兒去捕捉這隻毛毛蟲，養下來便可以了。如此，你女兒就不會再想養毛毛蟲了。
「結果呢？您眞的做了？」晴明問。
「啊，做了……」實之似乎想起當時的光景，毛骨悚然地皺起眉頭。
「只有一隻全身漆黑、身上有紅色斑點的毛毛蟲活了下來……」

「正是露子姬目前所養的黑丸吧？」

「是。我故意把那隻毛毛蟲擱在螻蛄男能夠抓到的地方。啊呀，我眞是糊塗！要不是我做出這種糊塗事，小女也不會被那隻毛毛蟲附身……」

「道滿大人還說了什麼？」

「他說，若小女因此而討厭毛毛蟲，把毛毛蟲殺掉或丟棄就行了……」

「如果沒有因此而討厭毛毛蟲呢？」

「他笑著說，到時候問題大概會很棘手……」

「怎麼棘手？」

「他說，到時候毛毛蟲恐怕不僅吃葉子，還會吃其他昆蟲和生物……」

「原來他連這點也說出來了……」

「我問道滿大人，要是問題變成如此，到時候該怎麼辦？」

「道滿大人怎麼回答？」

「只要去找他，他可以解決問題。萬一找不到他……」

「就請您來找我，是吧？」

「正是。」實之走投無路地說，「他說，只要去找晴明，晴明自會想辦法解決……」

「眞是令人傷腦筋的道滿大人……」晴明脣邊浮出微笑。

「晴明，你眞的能解決嗎？」
「盡力而爲吧。」
晴明說畢，實之總算露出鬆一口氣的表情。
「太感謝了。我實在受不了那東西，很擔憂那東西會吃掉露子，更何況那是我爲了女兒而……」實之頓口，說不下去。
「這樣吧，明天我就到貴府拜訪露子姬。」

七

「這麼說來，晴明，你明天要去橘實之大人宅邸？」博雅問晴明。
「不，等不及明天了。」晴明回道。
「爲什麼？」
「已說好今晚就去一趟。」
「今晚？」
「沒錯。博雅，其實我在等你來。」
「等我？」
「我想帶你一起去。」

「一起？」
「我想讓你開開眼界，這可是非常罕見的例子。」
「可、可是……」
「怎麼了？」
「不是約好明天去，爲什麼變成今晚？」
「因爲對方來了。」
「來了？」
「是啊，所以明天才變成今晚。」
「喂，晴明，到底是誰來了？」
「就是露子姬本人嘛……」
「什麼？」博雅揚高聲音。

八

實之離開晴明宅邸後，不久，露子來了。當時，晴明正在庭院摘藥草。是蜜蟲來通報訪客到來。
「有位露子小姐來訪。」蜜蟲文靜地向晴明報告。

「露子？」

既然名爲露子，應該是方才告辭離去的實之的女兒。她爲何而來？晴明考慮須臾，便吩咐蜜蟲：

「請她到這兒來吧。」

到底爲何而來，直接問本人比較省事。

蜜蟲消失後，過一會兒，又回來了。蜜蟲身後跟著一位身穿男子便服的女子。女子身後，跟著身穿舊窄袖便服、年約九歲的童子。

「訪客來了。」蜜蟲來到晴明面前，報告後行了個禮，退到一旁。

晴明與那女子正面相對。

女子盯著晴明。是位美貌女子。若非事前已知對方是露子，光看她身上的男子服裝，很可能會在瞬間錯以爲是美少年。

長髮盤在頭頂，隱藏在烏帽中。沒有拔眉，也沒有染黑牙齒。這樣的話，即便在路上與人擦身而過，對方大概也會將露子看成是男子——宛如女子的美男子。

兩人目不轉睛地無言對視了一會兒。

「這庭院眞美……」露子開口說出第一句話。胭脂未施的脣間，露出白晳牙齒。

露子的大眼睛，注視著晴明白淨手指中剛摘下的藥草。

「您在摘車前草③嗎？」露子問。

車前草，別名五根草，用來當利尿劑。

「那邊是茴香，也有生薑和芍藥。再過去那邊長出嫩芽的是性急的龍膽。」

蕺菜④、忍冬、莨菪⑤……露子依次道出名稱，都是藥草名。

「那兒是南天竹。這兒是杏仁。原來還有花椒。哎，眞可怕，這邊竟然有附子⑥。」

附子指的就是烏頭，塊根具劇毒。目前雖還未開花，卻已長出嫩芽。不看花，只看嫩芽便能說出藥草名，露子的功力實在非比尋常。

「沒想到宅邸內竟有原野般的庭院。」露子的視線，終於自庭院又回到晴明臉上，「我喜歡這庭院。」露子直視著晴明的雙眸。

「是露子小姐嗎？」

「是。」露子點頭，接著問道，「您是晴明大人？」

「是。」晴明頷首。

「剛剛家父來過了吧？」

「是，來過了。」

③ 學名為*Plantago asiatica*，全草及種子，有利尿止咳清肝明目之效。別名五根草、車輪草等等。

④ 日文為「十藥」（ドクダミ，dokudami）學名*Houttuynia cordata*，因全株帶有強烈的魚腥味，又名「魚腥草」。可入藥。

⑤ 又名「天仙子」。日文為ハシリドコロ（hashiridokoro），學名*Scopolia Japonica Maxim*，屬茄科，為有毒植物。多食會令人狂走，還會引起幻覺、昏睡等等中毒症狀。

⑥ 植物名。烏頭科烏頭屬，多年生草本。根部紡錘形，葉互生，深綠色，深裂如掌狀。夏季頂端開紫黃色花。塊根含烏頭鹼，可入藥，但毒性強，過量能麻痺中樞神經，造成體溫下降，心臟麻痺致死。

「爲了黑丸吧？」

「是。」晴明點頭，再問露子：「露子小姐怎知橘實之大人到這兒來了？」

「……」

「父親從我那兒偷偷取走黑丸的畫，他想做什麼，不用猜也知道。」

「所以，我就叫這個蝗麻呂跟蹤父親的去向。」

「原來如此……」

「我大致猜得出父親向晴明大人拜託了什麼事，不過……」

「不過什麼？」

「如果我請求您不要聽家父的話，您會生氣嗎？」

「不會生氣。」

「可是，您還是會進行家父託付的事吧？」

「不會。」

「那麼，您是不打算到我那兒去了？」

「不，我還是會去拜訪。」

「果然會來。」

「只是，我不是爲了實之大人的委託才想去貴府。」

「那，晴明大人是爲了什麼目的呢？」
「爲了去見識一下。」
「見識？看黑丸嗎？」
「是。」
「若是這樣，已經太遲了。」
「爲什麼？」
「黑丸於昨晚從牛欄逃出去了。」
「逃出去了？」
「是的。今天早晨發現時……」
「發現時怎麼樣？」
「黑丸已經自仔牛長到成牛那般大了，而且貼在庭院的松樹上，口中吐出白絲，變成蛹了……」

九

「變成蛹了？」博雅揚高聲音。
「是啊，所以臨時改爲今晚去。」晴明說。

「爲什麼？爲什麼變成蛹，你就得在今晚去？」

「因爲赤蠶蠱會在變成蛹當天夜晚就破蛹而出。」

「赤蠶蠱？」

「就是道滿大人利用蠱毒所製造出的黑丸啦。」

「什麼？」

「所以，我今晚正在等你來。」

「等我？」

「沒錯。去不去？」

「去哪？」

「露子姬宅邸。」

「這……」

「今晚赤蠶蠱就會脫蛹，這是千載難逢的機會。」

「……」

「我已經囑咐蜜蟲和蜜夜準備好酒了，酒杯有三只。」

「三只？」

「博雅，你有帶葉二來嗎？」

「葉二的話，隨時都在懷中。」

「那正好，準備出門吧。時間差不多了。」晴明站起身。
「喂、喂，晴明……」博雅直起腰身，叫喚晴明。
「怎麼？不去嗎？」
「不，不是。」
「那，去嗎？」
「唔，嗯。」
「走。」
「走。」
事情就這樣決定了。

十

地面鋪著紅色毛氈，晴明與博雅坐在其上。
兩人面前有一托盤，盤上擱著酒瓶、三只酒杯。其中二只酒杯內盛滿了酒，另一只則是空的。
上空的月光照在兩人身上。
兩人悠閒地喝著酒。蜜蟲與蜜夜坐在一旁斟酒。男子扮裝的露子坐在距

離不遠的地方。此時的露子沒戴烏帽，長髮垂在背部。

離毛氈不遠的前方，有棵老松，粗大樹幹中間蜷曲著烏溜溜的東西。那東西約有成牛一般大。正是黑丸——赤蠶蠱的蛹。

「晴明啊……」博雅仰頭望著黑丸的蛹，「……那東西，眞的會破蛹而出嗎？」

「當然會。」晴明回道，「就快出來了。」

「可是，出來後，危不危險啊……」

「問題就在這裡，我也不知道危不危險。」

「不知道？爲什麼？」

「這個……」晴明望著露子說，「大概全看露子小姐了。」

「全看我？」

「晴明，到底怎麼回事？」

「別忘了，這東西是那個道滿大人以蠱毒法製造出來的。」

「……」

「脫蛹之後的東西，是式神。」

「原來是式神。」

「不，正確說來，還不算式神。不過，到底會變成什麼東西，全看飼主的心。」

「什麼？」

「如果露子姬內心仇恨某人，恨到想殺掉對方的地步，那麼，赤蠶蠱出來的那一瞬間，便會立即跑到對方那兒，向對方作祟吧。」

「既然如此，那東西不是很可怕嗎？晴明……」

「所以我剛剛說過了嘛，關鍵在露子姬的心。」

晴明說到此，黑暗中響起一陣食物煮沸般的咕唧咕唧笑聲。

「您來了？」晴明抬起臉。

有個人影站在庭院側面的泥牆上，背對星空。那人影輕飄飄地騰空飛起，落在地面。然後，慢條斯理地往毛氈方向走過來。

是個老人，身上穿著有如用泥土燉過的破爛公卿便服。白髮、白髯。頭髮與髫鬚都任其生長，蓬鬆雜亂。土黃色的雙眸，炯炯發光。

正是蘆屋道滿。

「呀，道滿大人……」晴明說。

「有酒嗎？」道滿旁若無人地跨上毛氈坐下，「果然有。」

道滿伸出右手，舉起空酒杯。晴明於道滿酒杯內斟酒。

「好酒！」道滿一口氣喝乾。

「您又心血來潮開耍了。」晴明再度爲道滿斟酒，說道。
「嗯，湊巧無聊得很，就玩了個把戲。」
「可是，若想要式神，您自己可以變把戲呀。」
「晴明，吾人早已玩膩了自己做的式神。別人所做的意想不到的玩意兒，才有趣。」
「於是便利用了實之大人？」
「沒錯，剛好他來找我解決問題。」道滿將第二杯酒送到脣邊，「如果出來的東西可以用，吾人想帶走。總之，先瞧熱鬧吧。」
道滿望著博雅，呼喚：「喂！」
「什麼事？」
「吾人想聽你的笛子。」
「笛子？」
「吾人喜歡聽你吹的笛子，拜託，吹一首曲子來聽聽。」道滿笑道。
博雅從懷中取出葉二。
「怎樣？妳也過來吧？」道滿呼喚露子。
露子以詢問的眼神望向晴明，晴明無言地點頭。
「好。」

露子以男子口氣回答後，膝行過來。道滿見狀，愉快地笑出來。

「博雅的酒杯剛好空了，如果不介意，妳就用這酒杯吧。」

「好，我喝。」

蜜夜在露子舉起的酒杯內斟酒。露子含了一口酒，喝下後，望了一眼睛明，再望向道滿，說：「眞好喝。」說畢，露出微笑。

此時，博雅的笛聲幽幽地在月光下滑奏出來。

「好笛聲……」道滿手中舉著酒杯，陶醉地閉上眼。

博雅的笛聲嘹亮地融化於夜氣中。

本來閉著雙眼的道滿，不久又睜開雙眼，說：「喔……開始了。」

眾人的視線望向松樹。蛹，正逐漸破開。

宛如黑色野獸緊貼在松樹樹幹上的東西，背部裂開一條縫隙。縫隙中發出細微的青色淡光。縫隙逐漸增大。

不久，有某種物體從縫隙中緩慢伸出頭部。

那頭部，是一張臉，一張有著蝴蝶眸子的人臉。

隨後出現類似翅膀的東西。

最初，那翅膀看似捻成一團的樹皮，全體逐漸現於夜氣中後，開始緩緩在月光下展開雙翅。

那是具有人臉、人的手足，背部有雙巨大翅膀的蝴蝶……

翅膀發出朦朧青光，在月光下靜謐地往兩側展開。映照月光，吸收月光，那翅膀益發光彩耀眼。這光景令人嘆爲觀止。

「喔……」道滿發出驚嘆，「太美了……」

博雅也邊吹笛邊觀望著眼前的景象。

那景象，美得可以令人背毛一根不遺地全豎立起來。

未幾，那蝴蝶在月光下展開整片翅膀後，飄飄飛至夜氣中。

「好美……」露子叫出聲。

「這個，吾人不能帶走了。」道滿喃喃自語。

「露子小姐……」晴明呼喚露子，微笑道，「道滿大人說，那東西要給妳。」

「給我？」

「嗯。」道滿點頭，「沒辦法，對吧？晴明……」說畢，道滿又咕唧咕唧地笑起來。

那隻背部有雙巨大且發出朦朧青光翅膀的蝴蝶，在月光下靜謐飛舞。

博雅依然吹著笛子。

呼笑聲

一

那是株高大的古櫻木。

如果讓成人在樹根四周張臂環抱，大概需要三、四人才辦得到。

藤原伊成坐在櫻樹下，彈著琵琶。

此刻是夜晚，盛開的櫻花遮蔽了伊成頭上的夜空。

月亮高掛在正上空。青白皎潔的月光，照在櫻樹上。

周圍沒有其他櫻樹。在杉樹、楓樹環列中，唯獨這株櫻樹伸展滿綴櫻花的樹枝，壓倒群樹。

橫空往旁伸展的樹枝，因密實的櫻花花瓣重量而往下垂落。

無風。

明明沒有風吹動，花瓣卻紛紛飄落。宛如耐不住沉重的月光，櫻花花瓣靜謐地在月光下飄舞。

花瓣落在伊成肩膀、頭上、袖口。伊成像是埋在花瓣中彈著琵琶。

伊成撥動手中的的撥子時，琵琶弦便會發出嫋嫋聲響。

嫋。

嫋。

琵琶旋律與月光糾纏一起。餘音嫋嫋地與櫻花花瓣廝羅，在大氣中往上攀升。

每逢琴弦的震動觸及花瓣，花瓣便會飄離樹枝。

只要琵琶聲響起，花瓣就會翩翩起舞。

嫋。

翩。

嫋。

翩。

嫋。

翩。

嫋。

翩。

嫋、翩，嫋、翩，嫋、翩。

嫋、翩，嫋、翩，嫋、翩。

嫋、翩，嫋、翩，嫋、翩。

嫋、翩，嫋、翩，嫋、翩。

到底是琵琶聲和著花瓣起舞？還是花瓣和著琵琶聲起舞？已無法辨別。

不久，琵琶聲靜止了。

琵琶聲一旦靜止，情景便與先前一樣，只見櫻花花瓣靜謐地在月光中飄落。

伊成緊閉雙眼，似乎想聆聽殘留於大氣中的琵琶震動，也似乎正傾耳靜聽殘留於自己體內的琵琶餘音。

不，對伊成來說，無論是自己的軀體或擁抱著自己肉體的夜氣，或許均是琵琶聲的共振物體，二者毫無區別。

突然，不知自何處傳來不勝感喟、類似嘆息的聲音。

「這琵琶旋律實在太美了……」

伊成睜開雙眼。四周不見任何人影。奇怪，明明聽到有人講話的聲音——

伊成環視周圍，依然不見任何人影。四周只有無聲無息繼續飄落的櫻花花瓣。難道是錯覺？才剛這麼想，那聲音又響起了。

「眞是希世的琵琶音色呀。」

「昨天也來了，是吧？」聲音說。

然而，伊成仍然看不見聲音之主。

「竟能將琵琶彈得如此神妙，在下想請教尊姓大名。」聲音又響起。

伊成默默不語。那聲音又問：「請問尊姓大名？」

「我是藤原伊成。」伊成情不自禁回答。

「是伊成大人？」

「正是。」

「那麼，伊成大人……」

「唔。」

「改天我會去找你。」

「找我？」

「我會去找你，可以嗎？」

伊成感到困惑，答不上來。那聲音又說：「我會去找你，伊成大人。」

「喔，嗯。」伊成再次情不自禁地回應了。

二

庭院的櫻花正開得美盛。安倍晴明坐在窄廊，與源博雅對酌。周圍只有一盞燈火。

身穿白色狩衣的晴明，背倚柱子，細長手指舉著酒杯，不疾不徐地將酒杯送到紅脣邊。

啜飲酒的紅脣，總是掛著若有若無的微笑。有如菩薩像浮在脣邊的那種微笑。那微笑，隱約可見——類似櫻花花瓣那抹若有還無的粉紅。

晴明與博雅之間坐著一位服色白裡透紅的十二單衣女子，每逢兩人的酒杯空了，便舉起酒瓶爲兩人斟酒。

今晚，是博雅帶酒來找晴明。

方才開始，博雅每喝一口酒便看看櫻花，看了櫻花，又微微嘆氣。

「博雅，你怎麼了？」晴明問。

「沒什麼，晴明，只是那櫻花……」博雅將酒杯擱在窄廊，望著庭院。

庭院有株古櫻木。月光下，櫻花花瓣正紛紛飄落。

「櫻花怎麼了？」

「就是，那個……」博雅支支吾吾。

「那個什麼……」

「我是想說，每次看到櫻花，總會情不自禁感慨萬千地思考起人的生命，晴明……」

「人的生命嗎？」

「就如櫻花花瓣離開枝頭一樣，人的生命，也會如同風一般離開人的軀

體……」

「……」

「就算風不吹，你瞧，櫻花花瓣也會離開枝頭……」

「……」

「人的生命也一樣，無法永遠駐留在人的軀體……」

「唔。」

「晴明啊，你和我，都是終將飄落的櫻花。」

「……」

「不過，正因爲是終將飄落的櫻花，人才會眷戀這世間吧？正因知道自己終將死去，人才會眷戀他人，也才會深感笛聲或琵琶旋律的美妙吧？」

博雅接過身邊女子代爲斟滿的酒杯，直視晴明：

「晴明啊，能同你相知相識，我內心眞的很高興。」

博雅一口氣乾下杯中酒。雙頰已微微染上紅暈。

晴明避開博雅的視線，呼喚身邊女子：「蜜夜……博雅的酒杯空了。」

名爲蜜夜的女子以眼神回應，再度爲博雅斟酒。

「晴明，你又臨陣脫逃了。」博雅說。

「臨陣脫逃？」

「因爲你先問我怎麼了，我才正經回答你，可是，你現在卻想轉移話題。」

「我不是臨陣脫逃。」晴明苦笑。

「看吧，你就是這樣。」

「我又怎麼了？」

「你剛剛笑了。」

「笑等於臨陣脫逃嗎？」

「不是嗎？」

「你看，你又用那種眼神看我了。」

「眼神？」

「博雅，我告訴你，你最好不要這樣直視別人。」

「這樣看你，你會感到爲難？」

「會爲難。」晴明老實回答。

「你總算招認了。」

「嗯，招認了。」

「晴明，難得看你這麼坦白。」

「因爲我不如你。」

「不如我什麼？」

「我能夠施行法術操縱鬼神，但是，你光是『存在』，便能操縱鬼神。」

「我？操縱鬼神？」

「正是。博雅，你能夠操縱鬼神。」

「我什麼時候操縱鬼神了？」

「就是這樣。」

「怎樣？」

「博雅，正因爲你渾然不知自己的力量，才能操縱鬼神。」

「我不懂你的意思。」

「不懂也無所謂。」

「喂，晴明啊，你是不是又想講些亂七八糟的咒的比喻來騙我了？」

「沒那回事。」晴明舉起酒杯，又說：「話說回來，博雅，應該可以把問題講出來了吧？」

「什麼問題？」

「你今晚就是有問題，才來找我的吧？」

「啊，對……」博雅點頭。

「看你剛剛開始就好像很在意櫻花，你的問題跟櫻花有關嗎？」

「嗯，的確不能說跟櫻花完全無關。」

「什麼問題？」

「老實說，是藤原伊成大人的問題。」博雅道。

「你是說，一個月前在清涼殿彈奏琵琶的那位伊成大人？」

「正是。他跟我曾一起在已故的式部卿宮① 那兒學過琵琶，是當代首屈一指的琵琶名人。」

「他怎麼了？」

「三天前開始，他的樣子很奇怪。」

「怎麼奇怪？」

「有關這事，我必須從四天前發生的事開始講起……」

語畢，博雅開始講述事情的來龍去脈。

三

四天前，伊成與藤原兼家②一起出門到船岡山。

船岡山位於京城北方，半山腰有一株高大古櫻木。聽說，今年那株櫻花開得特別漂亮。兼家聽到此消息，說：「那我就去看看到底開得有多漂亮。」

①唐朝官名是吏部尚書。

②藤原兼家（西元九二九年～九九〇年）本來是大納言兼右大臣，由於次兄兼通當上輔助天皇總理宮內所有職務的「關白」，一直阻擾自己升官，於是兼家於五十八歲哄騙花山天皇出家，讓外孫一條天皇即位，自己則當上了攝政。

於是令下人準備了宴會酒菜，帶著隨從出門賞花。

兼家又邀伊成同歡。因此，伊成便帶著琵琶赴宴。

來到目的地一看，櫻花果如傳聞所說的那般，開得非常出色。一行人在櫻花樹下設宴，飲酒詠歌，伊成則彈起琵琶。

彈了一陣子琵琶，伊成又朗誦了一首古歌。

春霞靉靆山上櫻　時變色改為告終

「《古今集》有這首作者不詳的和歌，倘若人的命運注定花開必謝、時移事遷，那麼，古人在春夜即便點起燈火也要行樂的心境，的確自有其道理。」

伊成以唐朝詩人爲例證，深深嘆了一口氣，接著道：

「櫻花這東西，似乎能夠令人心猿意馬。」

四天前當日，眾人於早晨出門，傍晚歸來，但伊成卻在翌日重遊舊地。這回是單獨一人，且是夜晚。

伊成爲了要夜晚獨自在那株古櫻木下彈琵琶，才出門重遊舊地。夜晚在櫻花樹下彈琵琶——這種心情可以理解，然而，也要看地點。夜晚要到櫻樹那兒的話，相當遠。總之，在旁人看來，伊成的行動有點怪。

正確說來，伊成並非單獨一人出門，他帶著一個家童同行。不過，抵達目的地時，伊成吩咐家童：「你在這兒等著。」便讓家童在櫻樹前等著，自己則抱著琵琶，單獨到櫻樹下坐下。

盡興地彈了一陣子，直到早晨，伊成才和家童一起回來。回來後便向家人說：「我遇到奇妙的事。」

據說，伊成彈琵琶時，有人出聲向伊成攀話。伊成本來以爲是家童的聲音，卻似乎不是。四周不見人影，只傳來聲音。結果，伊成沒確認對方是誰，就回來了……

伊成說完便躺了下來，陷入熟睡中。家人起初認爲伊成彈了整晚琵琶，徹夜未眠，大概疲累不堪吧。只要讓他睡到傍晚，應該會自然醒來。不料到了傍晚，伊成沒有醒來。到了夜晚，伊成也沒醒來。直至深夜，伊成仍陷於熟睡中。

伸手搖他也搖不醒。正當家人起疑時，不知自何處傳來呼喚聲：

「伊成大人……」是家人未曾聽過的聲音。「我如約來了。」

而且家人找不出聲音主人到底身在何處。

「能否賜我『山』這個字呢？」

這句話令人百思不解。

家人感到很不可思議，可是，熟睡中的伊成竟突然起身。在家人眾目睽睽之下，伊成來到窄廊，面向庭院夜色，說道：

「歡迎光臨寒舍。」

說畢，伊成抱著琵琶，在窄廊坐下，開始彈起琵琶。

伊成邊彈琵琶，邊向庭院夜色回話，宛如庭院有位舊識在同他談話一般。

「那眞是太悲哀了。」

「原來你想出來？」

「從山裡出來？」

「『山』這個字？」

在一旁傾聽的家人眼裡看來，伊成有如自言自語。

家人憂心忡忡守視之下，琵琶聲停止了，而伊成不知何時又躺在窄廊，呼呼大睡起來。如此，伊成整夜都酣睡著，天亮時，照舊醒不過來。

中午過了，傍晚過了，又到了夜晚，伊成還是陷於熟睡中。由於幾乎未進食，才兩天，伊成便瘦得不像話。

然後，深夜——不知來自何處的聲音又響起了。

「伊成大人……」

「伊成大人……」

依然只聞聲響，卻不見任何人影。不久，伊成突然起身。與昨晚一樣。

伊成抱著琵琶，又來到窄廊坐下，彈起琵琶。之後，又開始自言自語。與昨晚不同的是伊成的視線。

昨晚伊成自言自語時，視線望著遠方，但今晚的視線，距離卻更近了。

「你想從山裡出來？」伊成對著沒有任何人影的庭院說。

然後，彈完琵琶的伊成又睡著了。陷於酣睡的伊成，益發消瘦下去。

事情到此地步，連家人也開始惶恐不安。這一定是被什麼鬼魅附身了。

如果置之不顧，伊成是不是終將被那鬼魅奪走性命？

「因此，今天伊成大人府裡便派人到我那兒，要我轉告你，希望你能伸

「鬼魅呼叫自己名字時，伊成大人回應了，這太不妙了。」晴明擱下酒
出援手……」博雅說。
杯喃喃自語。

「名字？」博雅問。

「就算有人呼喚自己的名字，只要不回應，那呼喚便如同風聲。可是一旦回應，二者之間就會結下『緣分』這個咒。」

「咒嗎?」

「是咒。」

「那你打算怎麼辦?明天能不能跑一趟伊成大人宅邸?」

「不。」晴明微微搖頭,「今晚去吧。」

「可以嗎?」

「可以。這種事愈快解決愈好。今晚那聲音來呼喚伊成大人之前,應該可以抵達伊成大人宅邸吧。」

「喔。」

「你也去嗎?」

「嗯。」

「走。」

「走。」

事情就這樣決定了。

四

琵琶聲嫋嫋作響。伊成坐在窄廊邊緣彈著琵琶。

屋簷外射進來的月光，將伊成染成濕潤般的青色，浮托在黑暗中。

晴明與博雅躲在屏風後，偷偷觀察伊成的神情。

伊成和前幾夜一樣，正在同看似身在庭院中、卻沒有實體的**東西**對話。

「您到底在說些什麼？我不懂您的意思。」

伊成邊彈琵琶邊與對方談話。

「您說想從山裡出來，可是……」

「您喜歡那首作者不詳的和歌？」

「您想要那個『山』字？」

在旁人看來，伊成看似自言自語，也看似與身邊某人對話。

然而，博雅環視整個庭院，總是見不到任何人影。

默默無言望著庭院的晴明，喃喃自語：「原來如此……」

「原來如此？晴明，你知道了什麼嗎？」博雅也悄聲問晴明。

「嗯，知道了一些。」

「一些？我完全看不出任何端倪。」

「既然你看不見**那個**，當然也看不出端倪了。」

「**那個**？晴明，難道你看見什麼了？」

「嗯。」

「看見什麼？」

「看見每晚都來找伊成大人的那位訪客。」

「訪客？我什麼都沒看到。」

「想看嗎？」

「我也可以看到嗎？」

「應該可以。」晴明說畢，伸出左手，再吩咐博雅，「博雅，眼睛閉上。」

博雅閉上雙眼。晴明將左手擱在博雅臉上。大姆指按著博雅緊閉的左眼，食指與中指則按著右眼。右手貼在博雅後腦，嘴裡小聲唸起咒文。

晴明收回雙手，向博雅悄聲道：「睜開眼睛吧。」

博雅緩緩睜開雙眼。雙眼愈睜愈大……「啊……」博雅吞下險些迸出的叫聲。

「有人……」博雅嘶啞地說。

博雅定睛注視眼前的光景。原來，坐在窄廊的伊成眼前——也就是庭院灌木叢之間，也坐著某人。

那人身穿破舊青色窄袖服，是個男人。年齡大約五十歲左右。

那男人坐在泥土上，正在同伊成對話。而且額頭上似乎貼著什麼東西。

類似文字的東西。

「晴明，庭院那男人的額頭上，好像寫著什麼……」

是漢字，單單一個字。

「是『山』……」晴明喃喃自語。

原來坐在庭院那男人的額頭，有個用毛筆寫成的「山」字。

「博雅，看樣子，這問題可以提早解決。」晴明說。

「眞的？」

「今晚什麼都不必做，暫且放手不管。」

「不會有事嗎？」

「不會。只不過一、二晚，不會發生什麼意外。伊成大人或許會更消瘦一點，但不會影響他的性命。」

「那，你打算怎麼辦？」

「明天去見某位大人。」

「某位大人？」

「不論如何解決問題，都要先聽聽那位大人的意見再說。」

「到底是誰？是哪位大人？」

「你也見過他呀。」

「我見過？」

「就是賀茂忠行師傅的兒子，賀茂保憲啦。」晴明說。

五

翌日——

晴明與博雅並肩而坐，賀茂保憲坐在兩人面前。

保憲目前任職穀倉院長官。父親是陰陽師賀茂忠行。保憲本來也任職於陰陽寮，現在升任爲穀倉院長官。

若按規矩來說，保憲應該與晴明並肩而坐，官位最高的博雅則坐在保憲、晴明面前。不過，三人卻毫無顧忌地聚在一起。

此地是保憲宅邸。

保憲穿著黑色便服，表情豁達明亮，與晴明、博雅相對而坐。有隻黑色小動物蜷在保憲左肩上睡覺。是黑貓。但是，不是一般貓，而是貓又——保憲操縱的式神。

三人剛剛結束一番寒暄。

「晴明，你今天來這兒的目的是什麼？」保憲問。

「我想問你一件事……」晴明微微行了個禮。

「什麼事？」保憲說。

「你最近有沒有施行過封山咒？」

「封山咒？」

「是。」

「這……」保憲思考了一會兒，視線漫無目標投向遠方。

「不是最近這一、二個月。」

「……」

「大概是三、四年吧。」

「啊，三、四年的話……」

「施行過了？」

「應該算有吧。」

「什麼時候施行的？」

「等等，晴明……」

「是。」

「說出來其實也無所謂，可是，你爲什麼問這件事？」

「據我所知，能夠施行封山咒的人，除了賀茂忠行大人之外，便是保憲

大人及我共三人而已。」

「嗯。」

「有人施行了封山咒。」

「……」

「師傅忠行大人過世以後，能夠施行此法的，不是我，便是你。既然我從未施行過……」

「就剩下我了？」

「是。」晴明點頭。

「沒錯，我施行過。」

「什麼時候？」

「大概五年前吧……」

「到底爲了什麼事而施行封山咒？」

「講出來也無所謂，只是，在這之前，晴明，你先講你的問題。聽完你的問題，我再講也不遲。」

「好。」

晴明點頭，將昨晚博雅講述的事情重新說明一遍。

「原來是這麼一回事。既然如此，那大概是我的份。」保憲說。

「那麼，話又說回來，五年前，到底發生了什麼事？」

「晴明，這是那男人的問題……」保憲說。

「那男人是？」博雅插口。

「喔，我忘了博雅大人也在座。」保憲用右手搔搔後腦，苦笑了一下，再回應博雅，「是皇上。」

保憲與晴明一樣，都稱呼皇上爲「那男人」。而且叫得光明正大，問心無愧。

「晴明，五年前，有人詛咒了皇上。」

「是。」晴明點頭。

博雅雖很驚訝保憲竟也稱皇上爲「那男人」，卻沒像平常立刻指責晴明般地糾正保憲。只是默默無言地傾聽保憲講述。

「皇上整整痛苦三天三夜，最後召喚了我。」

「然後呢？」

「我射出返箭。」

「是。」

「我往上空射出白翎箭，將對方的詛咒趕回去。那支箭飛向船岡山方向，我在箭後追趕，結果就追到那株古櫻木那兒。」

「原來如此。」

「古櫻木下，躺著名爲海尊的法師陰陽師，我射出的返箭正好貫穿他的胸部。當我趕到，他已奄奄一息。趁他還有一口氣，我問他到底是誰命他下的詛咒……」

「幕後人是誰？」

「那個陰陽法師說，沒人託他下詛咒，是他自己的決定。我又問他爲何要詛咒皇上……」

「他怎麼說？」

「他沒回答。」

「沒回答？」

「海尊不甘心地瞪著我，最後竟然說……死後也要向保憲作祟。」

「所以，你……」

「就算他向我作祟，其實也沒什麼好怕，只是爲了避免日後發生麻煩，我就讓他無法作祟了。」

「於是施行了封山咒……」

「正是如此。然後，我將海尊的屍體埋在那株櫻樹下。」

「我總算理解了。」

「不過，我完全不知道現在又發生了這種事。」

「話又說回來，保憲大人……」

「什麼事？」

「這問題，可以讓我自行解決嗎？」

「可以，那就勞煩你了。」保憲點頭，又探身說，「對了，晴明……」

「有事嗎？」

「再讓我到你那兒喝酒吧。」

「隨時歡迎。」

「我很喜歡你那兒，可以悠然自得地喝酒。」保憲爽朗地笑開了。

保憲的肩頭上，蜷曲的貓又依然酣睡著。

六

來到船岡山那株櫻樹下時，時刻已入夜。

櫻花花瓣片刻不停地自頂上紛紛飄落。

博雅與晴明撿拾了樹枝，在櫻樹下燃起篝火。兩人正用帶來的鋤頭挖掘櫻樹樹根。

蜜夜坐在篝火旁，將硯臺擱在地上，專心磨墨。

月亮已升上來。

「喔！」用鋤頭挖了幾次地面的博雅，發出叫聲，「晴明，有屍體……」

「是海尊大人吧。」晴明說。

不久，兩人挖出屍體，將屍體搬到櫻樹下。屍體，正是博雅在伊成宅邸庭院看到的那男人。

櫻花花瓣紛紛飄落在屍體上。

「晴明啊，這眞是太不可思議了。」博雅說。

「怎麼了？」晴明問。

「我是說這屍體啦。保憲大人不是說過，這屍體是五年前埋在這兒的，可是，屍體不但沒有腐爛，也沒生蟲。」

「那是因爲保憲大人施行了封山咒。」

「封山咒？」

「嗯。」

「這個詞，我聽你們講過幾次了，可這到底是什麼咒術？」

「就是這個嘛。」晴明指著屍體的額頭。

屍體額頭上，寫著博雅也曾看過的「山」字。

「凡是被施了此咒，靈魂就很難離開生前的軀體……」

「……」

「即便死了，靈魂也會被封在屍體內，不但無法到另一個世界，屍體也不會腐爛。」

「視情況不同，靈魂也可以跑出來？」

「沒錯。例如伊成大人的琵琶聲，若靈魂和伊成大人所彈奏的優美旋律結緣，靈魂便可隨著音樂跑出來了。」

「那麼，海尊大人是……」

「他呼喚了伊成大人的名字，所以才結下緣分。」

「可是，爲什麼是伊成大人？」

「你說呢？」

「喂，晴明，你應該知道理由吧？」

「嗯，大致知道。」

「既然知道，你就告訴我嘛。」

「不，與其我來說明，不如讓另一位更適當的人來說明。」

「誰？」

「正是這位海尊大人。」

「什麼！」

「我打算解除海尊大人身上的封山咒，等他出來後，我們可以直接問他理由。」

「……」

「老實說，有些問題我也解不開。」

「喂、喂，晴明……」

晴明邊聽著背後響起的博雅叫聲，邊向蜜夜開口：「蜜夜呀，準備好了嗎？」

「是。」

蜜夜行了個禮，遞出毛筆。毛筆飽含剛磨成的墨汁。晴明接過毛筆。

「你打算怎麼做？晴明。」

「這樣做。」

晴明伸出毛筆，在海尊額頭那個「山」字下，寫下另一個「山」字。於是，「山」字，便成爲「出」字。

「這就行了。」晴明低聲道。

還未說畢，海尊的屍體便開始緩緩仰起，坐在原地。

「晴、晴明……」博雅嘶啞地小聲喊。

「別擔心。」晴明回道。

海尊睜開眼睛，望著晴明，隨即發現飄落在自己身上的櫻花，仰起臉來。

「櫻花……」海尊喃喃自語，聲音乾枯。

然後，海尊再度緩緩地將視線移至晴明身上。

「我想，您大概是安倍晴明大人……」有如風吹進乾枯樹洞時的聲音。

「閣下是海尊大人？」

「是。」海尊點頭，「自從中了封山咒後，不但無法到另一個世界，也無法回到這世界，五年來始終埋在此地……」

「然後，聽到伊成大人的琵琶與和歌？」

「是。」海尊又溫文地點頭。

　春霞靉靆山上櫻　時變色改為告終

海尊以蒼勁的聲音朗誦這首和歌。

「我極想要這首和歌內的『山』字，才同琵琶聲結下緣分，每晚潛進伊成大人宅邸。」

若得到和歌內的「山」字，便能與海尊額頭的「山」字重疊，成爲「出」字。

「原來是這麼一回事。」博雅總算恍然大悟地點頭。

「可是，有個問題，我一直想不通。」晴明道。

「什麼問題？請問吧。既然是晴明大人解放了我的靈魂，我無意向晴明大人隱瞞任何事。」

「五年前，你爲何詛咒皇上？」

「原來你要問的是這個。」海尊脣邊浮出微笑，「因爲我需要錢。」

「錢？」

「金錢，與欲望……」

「欲望？」

「我不是由於怨恨才詛咒皇上。當時，我目空一切，認爲沒有任何人能夠將我的詛咒趕回來。安倍晴明、賀茂保憲這兩人雖播名天下，但終究只是京城陰陽師而已，沒什麼大不了的。我打算等大家都束手無措時，再出面破解自己所下的詛咒，如此，就能得到金錢與地位……」

「結果，保憲大人將你的詛咒趕回來了？」

「是。」海尊點頭，「我很不甘，就向保憲大人說，死後也要向他作崇，最後落得這種結局。實在太汗顏了……」海尊望著晴明，深深鞠躬。

「感謝晴明大人。現在總算可以啓程了。」

語畢，海尊仰頭望著頂上。櫻花花瓣紛紛飄落。

「這櫻花太壯觀了……」海尊低道，「請轉告伊成大人，那琵琶旋律很美……」說完，海尊緊閉雙脣，仰頭往後倒下，成爲仰望櫻花的姿態。

海尊脣邊浮出微笑，無言地閉上雙眸。臉上積滿了櫻花花瓣。雙脣，也不再翕動了。

「總算上路了……」博雅喃喃低道。

「嗯。」晴明低聲回應，點點頭。

飛仙

一

兩人在喝酒。

中午已過，但庭院仍有陽光。

庭院一隅，有個沼澤般的水池，幾隻蜻蜓在水面上飛翔。

蜻蜓的翅膀看似靜止不動，卻能穩定浮在半空，左右飛來飛去，捕食小蟲。

梅雨期早已結束。射進庭院的是夏日陽光。

池畔盛開著紫色菖蒲，一、二隻蜻蜓逗留在菖蒲葉上。

陽光若再西傾些，或許會更涼快。此刻仍很悶熱。

位於土御門小路的安倍晴明宅邸內，晴明與博雅坐在屋簷下的窄廊，相對飲酒。

晴明身上寬鬆穿著看似涼爽的白色狩衣。不知是否一點都不感覺熱，晴明額上毫無任何汗珠。

偶爾，紅脣會沾一下右手送過來的白色素陶酒杯。含酒的雙脣，看上去總是綻開微笑。

「眞不可思議。」博雅望著水池，含了一口酒，擱下酒杯說。

「什麼事不可思議？」晴明將視線移到博雅臉上，問道。

「蜻蜓。蜻蜓好像根本沒揮動翅膀，卻能夠那樣浮在半空，也能飛翔。」

的確如博雅所說，蜻蜓會冷不防停在半空，下一秒又突然橫向飛行，戳著水面。

「真是太精巧了，只能說是自然界的妙理。」博雅不勝感喟地邊說邊點頭。

兩人之間有個盤子，盤子上盛著撒上鹽巴再烤熟的香魚。

那是千手忠輔送來的鴨川香魚。黑川主事件那時，晴明救了忠輔的外孫女，自那以後，每年這個時節，忠輔都會送香魚過來。

晴明伸手取盤中的香魚，向博雅說：「你就快說吧。」

「說什麼？」

「博雅啊，你今天來的目的，應該不是刻意來讓我知道你深受蜻蜓感動這事吧？」

「唔，嗯。」

「你有事找我才來的吧？」晴明說畢，露出白皙牙齒，啃著手中的香魚。

烤熟的香魚味，隨風四處飄散。

「晴明，老實說，我的確有事找你。」博雅道。

「當前的問題，是不是最近轟動宮中的那個妖物？」

「原來你早知道了？」

「四天前夜晚，兼家大人也在清涼殿看到那妖物吧？」

「正是如此，晴明。最近宮中老是發生些妙事。」

「反正還有酒，你慢慢說來聽聽吧。等你說完，大概也到傍晚了，應該可以涼快些。」

「好。」

博雅點頭，開始敘述事情的來龍去脈。

二

最初聽到那聲音的是藤原成親。

約十天前——

據說值宿那晚，成親如廁歸途中，聽到某種奇妙聲音。

「唉，怎麼辦才好……」聲音說。

那聲音聽起來真的像是束手無措的樣子。

在這種夜晚，到底是誰在感嘆「怎麼辦才好」呢？

當時，成親正在通往清涼殿的遊廊上。成親感到奇怪，到底是誰在三更半夜自言自語？結果，那聲音又響起了。

「眞是傷腦筋呀……」

到底在傷什麼腦筋？又是誰在傷腦筋？

除了成親，也有其他人值宿，但那聲音不是任何當晚值宿人的聲音。

不知不覺中，成親宛若受那聲音吸引，腳步朝聲音方向走去。

聲音來自紫宸殿。

成親來到紫宸殿的窄廊時，聲音自上方響起。

「這下該如何是好？」

那聲音不是來自紫宸殿內，而是外面，且是頭頂上方。看樣子，聲音的主人似乎在屋頂上。

原來有人三更半夜爬到紫宸殿屋頂喃喃自語。

屋頂的高度非一般人可以輕易攀爬上去。想必聲音主人不是凡人。

一想到很可能是鬼，成親頓時怕得全身顫抖。回到同樣值宿的眾人身邊時，成親向大家報告了此事。於是大家便說：「那大家一起到紫宸殿去看看吧。」

可是，這回人數雖多，但來到通往紫宸殿的遊廊時，眾人均停止腳步。

原來，知道對方可能是鬼後，大家心生恐懼，無法繼續走到紫宸殿。

就在大家呆立在遊廊途中時，成親從屋簷下抬眼望向紫宸殿，發現屋頂最高處隱約有個人影。

「正是那個！」成親說。

「哪裡？」

「喔，看到了。」

「屋頂上有人！」

正巧上空懸掛著半月，在月光照射下，那影子的確像是人影。看樣子，有人蹲坐在屋頂最高處。

「怎麼可能爬到那地方……」

「所以才說對方是鬼嘛。」

眾人議論紛紛，然後，有人發出驚叫：「喔！」

原來是那黑影動了。黑影順著屋頂斜面，「刷」地滑溜下來。滑到屋簷上時，黑影順勢飛到半空。

「啊！」眾人均發出叫聲。

眾人以爲那黑影應該會「咚」地一聲掉落在地，不料聲音卻沒有響起。

黑影就那樣消失了。

自那晚以後，在宮中聽到那妖物聲音的人，愈來愈多。

「找不到啊……」

「要到哪裡去找呢？」

「唔……」

「真是傷腦筋……」

妖物的聲音如此說。

某夜，據說有人看到紅色物體在宮中上空飛舞。當時在現場的平直繼立即命人準備弓箭，射向紅色物體。箭頭準確地射中紅色物體，紅色物體飄然落到地面。

「大家快去看！」

眾人聚攏一看，發現那紅色物體是女官所穿的紅白重疊成套的紅單衣。

又有某天夜晚，巡邏人員看到宮中北方有個人影，輕飄飄地彈跳到七尺高的半空中，邊彈跳邊往前行進。

「是誰？」巡邏人員喝道。

人影沒有應答，彈跳到附近一株松樹，抓住樹枝，消失於樹上。

「別讓他逃走！」巡邏人員呼來幫手，團團圍住松樹。

松樹附近毫無其他樹木或建築，將近十人自四面八方包圍的話，樹上的人理應無處可逃。

眾人準備了弓箭，不巧月亮躲入雲端，看不見樹上到底有何東西。甚至分辨不出樹枝、樹葉與人影。

就在眾人無從下手時，樹上掉落了石子。一個、二個、三個……松樹上的人影，不知怎的，竟然往下丟起石子。

「既然如此……」某人架起弓箭，往樹上丟石子的方向射去，只聽見箭頭射中樹枝的聲音，沒射中樹上的人影。

「別急！」

只要如此包圍至清晨，天自然會亮，到時候便可得知樹上人影的真面目。

於是，眾人就一直等到清晨。不料天亮時一看，樹上竟不見任何人影。有人爬到樹上，只見昨夜射出的三支箭插在樹枝上而已。

將近十人圍攏住松樹，根本毫無縫隙可逃。那麼，對方到底如何逃走？

結果，眾人益發相信那人影一定不是普通人，而是鬼了。

再說，哪有人能騰空彈跳至七尺高？

話又說回來，兼家的經歷則是如此：某人於夜晚拜訪兼家。訪客是藤原

友則，前來訴說女兒的病狀始終無法好轉。

事情要回溯到三天前——兼家和友則在宮中碰了面，當時，兩人隨意聊起友則女兒的事。友則的女兒名爲賴子，今年十七歲。

「說老實話，前些日子，賴子患上疝氣。」

友則嘆道，女兒的病狀一直無法好轉。

「不但無法進食，還時常按著肚子，好像很痛苦。」

「那應該是疝氣蟲進入肚子了吧。」

「我也這麼想，便向典藥寮①要來藥讓她喝，卻毫無效果。」

「喔，我這邊有良藥。」兼家如此說，將身上的藥給了友則。

因此，三天後的夜晚，友則才又到兼家宅邸來。

「怎麼樣？賴子小姐身子好點了嗎？」

「不行，完全不行……」

「你給她喝藥了？」

「給她喝了，可還是毫無效果。」

「沒效果嗎？」

「不，疝氣蟲已好了，可是，這回又患上其他病。」

「什麼病？」

---

①尚藥局，掌管醫藥、醫療、藥草園等。

「這回發瘋了。」

「發瘋了？」

「我給她喝了你的藥之後，她好似被某種邪物附身，竟然喜歡登上高處。」

「是嗎？」

「如果光是喜歡登上高處也無妨，賴子卻喜歡從登高的地方跳下來。」

「跳下來？」

「是的。剛開始，她還只是從庭院的岩石跳下來，或從窄廊跳到院子中，後來竟爬到樹上跳……」

「唔……」

「叫她不要跳，她也不聽。今天更不知在何時爬到屋頂，從屋頂跳下來。」

「這……」

「跳下來時撞到頭部，結果昏迷不醒。」

友則坐立不安地搓著雙手，以求救的眼神望著兼家說：

「我接到通知時，慌忙趕去探看……老實說，賴子現在還躺在床上。」

「你是說，這一切都是我給的藥害的？」

「不是，我不是這個意思。」

「可是，疝氣蟲的病已好了吧？我給的藥，和賴子小姐的發瘋，應該毫無干係呀……」

「話雖如此，可賴子的確是喝下那藥後才發瘋的，所以我才來請教你，看看有沒有其他辦法。」

「我也沒辦法，你應該去問藥師或陰陽師比較妥當吧？」

得到如此結論，友則只好打道回府。

友則告辭後，兼家打算回房睡覺。正要回房時，據說竟在窄廊遇見了那妖物。

話說兼家沿窄廊要回寢室時，眼前突然出現一個懸在屋簷下的黑影。

那黑影大小如成人一般，頭下腳上地懸在屋簷。

「你……」兼家呼喚對方，只見那黑影竟在屋簷內側走起來。

黑影頭下腳上地在屋簷內側輕快前行，來到屋簷前，騰空跨出腳步，然後宛如從腳尖落向上空，消失了蹤影。

這時，兼家才察覺自己很可能遇見了最近轟動宮中的妖物。於是「哎呀」一聲大叫出來。

「什麼事？」家人聞聲聚集過來。

「妖物！妖物出現了！」兼家跌坐在窄廊，伸手指著屋簷外的上空。
聚集在窄廊的家人跳到庭院，仰望天空，環視屋頂，卻已尋不著任何人影。

三

「博雅啊，剛剛你說是爲了妖物而來，結果你找我的眞正目的是什麼？」晴明問博雅，「難道是兼家大人要你來找我？」

「不，想找你的不是兼家大人。」

博雅想繼續說下去時，晴明打斷他：「是藤原友則大人吧？」

「正是。晴明，你怎麼知道？」

「光聽你說的，大致可以猜得出來。有關友則大人的女兒，我這邊也有牽連。」

「什麼牽連？」

「這事情等一下再說明，你先說你的。」

「好。」博雅點頭，望著晴明，「晴明啊，老實說，藤原友則大人爲了我剛剛說過的賴子小姐的症狀，拜託我務必請你過去一趟。」

「除了剛剛你說的那些，是不是又發生了其他事？」
「嗯，這事其實也跟那妖物有關……」
「什麼事？」
「據說，會聽到聲音。」
「聲音？」
「對。」
博雅再度說明事情的來龍去脈。

四

昨夜——
藤原友則守在屏風後，徹夜觀察賴子的病狀。
賴子的鼾聲時而傳進端坐在屏風後的友則耳裡。隔著屏風，賴子在另一端酣睡。
在這之前，賴子一直大吵大鬧。正是大吵大鬧後的疲累將賴子誘引進酣睡中。
最近幾天，賴子的病狀又有了變化。她不但持續著從高處跳下的毛病，也時常訴說身體很癢。

「是蟲。」三天前，賴子第一次這樣說，「有蟲在身體內亂爬。」邊說邊搔著全身。「癢啊！」最後竟用指甲在皮膚上搔癢。

無論怎麼搔，似乎都無法止癢，只得豎起指甲搔得沙沙作響。

「癢啊！」

「癢啊！」

賴子的癢並非固定在一處，而是全身——全身都抓。有如想摳出肉塊般地拚命抓。手腕、胸部、腳、臉頰、頭部……所有能抓的地方都拚命抓。

「蟲好癢哦！」賴子發狂般地搔癢。

肌膚抓得到處都是紅腫搔痕。皮膚抓破了，賴子又在抓破的地方猛搔，結果導致連肉也綻開了，滲出點點鮮血。

賴子邊搔邊叫痛。

「痛呀！」

剛叫完痛，雙唇隨即又發出「癢呀」的哀叫，然後繼續在同一癢處又抓又搔。

全身都紅腫了，有幾處甚至已化膿。可是，賴子還是禁不住搔抓化膿的地方。在化膿之處搔癢。用指甲抓癢。全身皮開肉綻，令賴子因血肉而一身

汙垢。

然後，趁著肌膚不癢的空檔，再登高想跳下來。

跳躍與搔癢——目前的賴子，開口只有這兩項事，其他均隻字不提。

今天的賴子，正是如此大吵大鬧了整天，最後疲累不堪，才總算酣睡了。

賴子清醒時，家人根本無法歇息，要等賴子睡著了，才能得到短暫的休息時間。

然而，沒人知道賴子會在何時突然醒來，再度想登高跳躍或搔癢，因此，即便賴子酣睡，也必須有人在一旁看護。

這天晚上，正好輪到友則陪在一旁。

深夜。友則昏昏欲睡時，耳邊突然傳來「好癢」的叫聲。原來是賴子從床上跳起來。

友則驚醒過來，慌忙繞到屏風另一側，壓住賴子。友則實在不忍心看賴子繼續向自己的肉體施虐。

「你想幹嘛？放開我！」賴子暴跳如雷。

賴子的力量大得令人難以置信，友則無法壓住。

「賴子，妳要理智點，賴子……」

與手腳踢打的女兒糾纏在一起的友則，突然聽到不知自何處傳來的聲音。

「友則大人……」聲音呼喚。

「友則大人。」

友則總算按住賴子，回頭尋找聲音的主人。但四周沒有任何人影。

「藥師沒辦法醫治賴子小姐的病。」聲音又說。

「那、那要請誰才能醫好？」友則情不自禁問聲音。

「這……」聲音似乎考慮了一會兒，才說：「這應該是陰陽師的工作。」

「陰陽師？」

「去拜託安倍晴明大人比較好吧。」

「晴明大人……」

「除了晴明大人，沒人能夠醫治賴子小姐的病。去邀請晴明大人過來醫治，問題不就可以解決了？」

說到此，聲音中斷了。

「請問……」

聽說友則呼喚了幾次，但聲音終究沒再響起。

五

「這是昨晚的事。」博雅向晴明說明，「然後，今天早上，友則大人來我那邊，拜託我轉告你，問你能否過去一趟。」

「原來如此，原來是這樣。」

「令人想不通的是，到底是誰發出聲音向友則大人搭話……」

「結果你們猜想，那聲音大概是在宮中騷亂的妖物吧？」

「太驚奇了，晴明，正是如此。」博雅說，「總之，我今天為了這問題才來找你。」

「換句話說，開始有些變化了。」

「變化？」

「我是說那妖物。最初出現在宮中，喃喃自語不知該怎麼辦，現在又出現在友則大人宅邸，也出現在賴子小姐面前，更說出我的名字。」

「問題正在這裡，晴明，你跟這件事有什麼關係嗎？」

「說有，的確有……」

「是什麼關係？」

「老實說，那妖物也到我這兒來了。」

「到你這兒來了？」

「嗯。」

「剛剛你說有牽連，指的正是這事？」

「是啊。」

「發生什麼事？」

「我也聽到那聲音了。」

「什麼時候？」

「昨晚。」

「可是，那妖物昨晚也到賴子小姐那邊了呀。」

「根據那聲音說的，對方似乎先到賴子小姐那邊，再到我這兒來。」

「那聲音說的？」

「嗯。」晴明點頭。

昨晚，晴明讓蜜蟲陪在一旁斟酒，單獨一人坐在窄廊喝酒。大約喝掉半瓶酒時……

「我發覺有動靜。」晴明向博雅說。

「動靜？」

「就是奇妙的動靜。似人非人。一半是人，另一半是……」

「是什麼？」

「我也不清楚。若一定要說明，只能說是類似式神的動靜。」

「式神？」

那動靜來自庭院方向，卻不是地面，而是上方。

晴明抬臉一看，發現庭院松樹最高處的樹梢，垂掛著人影般的東西，在風中左右搖晃。

「是誰？」晴明沉穩發問。

結果，那隨風左右搖晃的東西，答說：

「想必您也聽聞了在下的風聲。在下正是最近宮中經常談論的妖物。」是人聲。

原來那影子是人，右手抓住松樹樹枝，雙腳隨著風向伸直，身體與地面平行，正隨風搖晃。

「有事嗎？」晴明舉著酒杯問。

「在下想請求陰陽師安倍晴明大人相助。」

影子身上的衣服，衣擺長至腳尖，隨風飄動。

「幫什麼？」

「明天，參議藤原友則大人大概會爲了女兒賴子姬的煩惱，託人來拜訪晴明大人。」

「是嗎？」

「請晴明大人施展您的力量，務必醫治好賴子姬的病。」

「醫治？」

「她的病不是普通的病。」

「怎麼說？」

「賴子姬的病，追根究柢，起因是在下。」

「原來如此。」

「因此，請大人讓那女孩脫離病痛之苦。」

「你無法救她？」

「是。」影子點頭，「那女孩喝了天足丸。」

「什麼？」

「在下如此講，晴明大人應該知道吧？」

「知道是知道……」

晴明正想接下去講，那影子卻先點點頭，開口說：「那麼，萬事拜託您了……」說畢，影子鬆開抓住松樹樹枝的手。

影子搖晃了一下，就那樣橫臥在半空隨風飄走。有如被河川木樁勾住的

衣服，自然而然鬆開，順著流水流走一般。

「萬事拜託了……」

影子隨風飄去，漸行漸遠。

「拜託您了……」

聲音傳來之後，影子便溶於夜色中，最後消失無蹤。

「這就是昨晚發生的事。」

「原來如此。」

「本來還在猜想今天到底是誰會來，結果，博雅，竟是你來了。」

「嗯。」

「他說是天足丸？」

「那到底是什麼東西？」

「是仙丹。」

「仙丹？」

「等一下再說明。你看，太陽快要下山了。」

正如晴明所說，方才射進庭院的陽光，現在已逃回上空。

「喔。」

「博雅，有件事想請你幫忙。」

「什麼事？」

「你到兼家大人那兒，問他上次給友則大人的藥，是從哪裡得到的。」

「沒問題，這麼說來……」

「晚上我們在賴子小姐那兒碰頭。到時候，你再告訴我兼家大人的回答。」

「晴明，你肯去賴子小姐那兒？」

「去。」

「要去嗎？」

「嗯。」

「走。」

「走。」

事情就這樣決定了。

六

「癢啊！」

「癢啊！」

全身扭動不已的賴子，在喝下晴明帶來的藥後，馬上安靜地睡著了。
仰臥酣睡的賴子四周，坐著晴明、博雅、友則三人。
燈火只有一盞，火光映照下，鏤刻在友則眉間的皺紋似乎又加深許多。
晴明面前已準備好硯臺和毛筆。
「那麼，我現在要脫賴子小姐身上的衣服，可以嗎？」晴明問。
「全部嗎？」友則嘶啞地問。
「是。就照我剛剛說明那樣。」
友則望著晴明，再望向博雅。博雅默默無言。
友則的額上滲出無數細微汗珠。
晴明並不逼迫友則回答，但也不再徵求他的同意，只是緊閉紅脣，靜默地等待友則說話。
友則終於點頭說：「好吧。」說是下定決心，不如說是耐不住沉默的氣氛，「因爲萬事都已託付你了……」友則顫抖著聲音。
「那麼……」晴明垂下眼簾，輕微行了個禮，再度睜開雙眼。
連這種關鍵時刻，晴明那緊閉的紅脣依然綻開一抹若有若無的微笑。
晴明伸手，快捷地逐次脫去賴子身上的衣服。
賴子的裸體展現在眾人眼前。

「唔！」友則吞下喉嚨深處幾乎迸出的叫聲。

賴子的裸身，無一處是健康的肌膚。臉、頸、肩、雙臂、乳房、腹部、雙足，所有肌膚都有搔癢傷痕，有些肌膚甚至已皮開肉綻。

左方豐滿的乳房，有一半被瘡痂覆蓋。有些地方化膿了，肉變成紫色。若是讓賴子俯臥在床，大概背部到臀部的肌膚，也跟正面一樣。

「開始吧。」晴明喃喃自語，取起毛筆，沾滿墨汁。

首先，晴明用毛筆在賴子左腳小趾上，寫著不知是什麼的文字。同時，口中小聲唸起咒文。

小趾寫完，其次是無名趾。無名趾寫完，再來是中趾。中趾寫完，便是食趾。食趾寫完，則是拇趾。

然後是腳心、腳板、腳後根、腳背、腳踝。依次寫下密密麻麻的咒文。左腳寫完，再寫右腳。

文字逐漸往大腿根方向寫去。腹部、乳房、右臂、頸、臉……連耳朵、嘴唇、眼皮也都寫上咒文。

賴子的身軀被翻轉過來，臀部、背部，以及肛門與私處都寫上文字。

當賴子的身軀再度被翻轉爲仰躺姿勢時，賴子的每一寸肌膚都塡滿了密密麻麻的咒文。只有左臂沒寫任何文字。

「這、這是什麼？」友則顫抖著聲音問晴明。

「是孔雀明王咒。」晴明以如常的聲音回應。

「那、那不是密宗的眞言嗎？」

「只要有效，什麼都可以用。沒人規定陰陽師不能使用密宗眞言。」

孔雀明王原爲天竺之神。吃食毒蛇與毒蟲的孔雀被神化後，成爲佛教的守護神。

密，即密教，密宗也。

「開始吧。」

晴明將右掌貼在賴子腹部，左手握拳並伸直食指與中指。晴明將二手指貼在自己下脣，喃喃唸起孔雀明王咒。

「南無佛　南無法　南無比丘僧　南無七佛等正覺……」

突然，賴子的肌膚宛如回應晴明的咒文般，開始蠕動起來。

腹部與胸部的肌膚，到處噗、噗地凸出來。臉頰與右手臂、雙足表面也噗、噗地鼓起許多膿包。

看上去像是肌膚內側、肉裡面有很多大大小小的蟲，正在到處蠕動爬行。

「唔、唔……」博雅發出低聲呻吟。

這些大大小小類似膿包的物體，漸漸聚集到賴子沒寫上任何文字的左臂。眨眼間，左腕便逐漸粗大起來。

那光景極爲噁心。所有在賴子肌膚內爬行的東西都聚集在左臂。導致左臂變得比腳還要粗大。

而在那粗大的左臂內，類似蟲的東西不停蠕蠕而動。

「好了。」

晴明小聲自語，用繩子綁住賴子姬的左胳膊根。其次，取筆在不停蠕動的左胳膊上，寫下「集」字。

然後，晴明再度伸直左手的食指與中指，貼在自己下唇，右手則握住賴子的左手。口中又喃喃唸起孔雀明王咒。

只見在肌膚內蠕蠕而動的東西，開始聚集在胳膊內。與之同時，胳膊的肌膚也開始變黑。

最後，那些蠕動的東西終於全體聚集在晴明所寫的「集」字附近。胳膊上只有那地方腫脹得像個紫黑水泡，如大瓜果那般。

「喔！」友則叫出聲。

晴明停止唸咒，說：「應該可以了。」再從懷中取出一把短刀，抽刀出鞘，於胳膊上的「集」字一刀切下去。

水泡裂開，傷口內出現眾多令人毛骨悚然的東西。是無數的蟲。
有身軀類似黑蜈蚣，但翅膀卻像蝴蝶的東西。
也有看似飛蛾，卻不是飛蛾的東西。
有類似獨角仙的東西。
有臉部像蛇，身軀是麻雀的東西。
有類似蒼蠅的東西。
有類似蜻蜓的東西。
有類似蟬的東西。
不可勝數、形形色色的蟲，接二連三從裂口爬出來。一爬出來便展翅而飛，飛到半空，消失於敞開的格子板窗外。
片刻，賴子的胳膊就恢復原狀。胳膊上雖有晴明割開的傷口，還滲出斑斑鮮血，但傷口比大家預料的更小。
晴明取起方才脫下的衣服，蓋在賴子身上，若無其事地說：「應該沒問題了。」
「解、解決了？」友則問。
「解決了。」晴明微笑著，「賴子小姐醒來後，最好別告訴她眼前所發生的事。若她問起，就說晴明已幫她醫治好了，請她不用擔憂。」

「那、那是說，一切都沒問題了？」
「是。傷口也會很快癒合。」
「是、是嗎？」
「那麼，我和博雅大人先告辭了。」
「要走了嗎？」
「有關這問題，我還有一件事要辦……」說畢，晴明站起身。

七

牛車在大門外等待。
鑽進牛車之前，晴明回頭向背後大門上搭話：「那樣做還滿意吧？妖物大人……」
「太滿意了，不愧是晴明大人……」昏暗的大門上傳來回應聲。
「我有事想請教您，今晚，您肯光臨寒舍嗎？」晴明問大門上的聲音之主。
「若您不介意，在下一定前去拜訪。」
「我會準備美酒，到時候我們來一杯吧。」

「那眞是求之不得的好事。」

「請一定賞光。」

「湊巧南風正徐徐吹來，在下會撿拾石頭，慢一步登門拜訪。」

「待會兒見……」

說畢，晴明便與博雅一起鑽進牛車內。

八

晴明與博雅在喝酒。

蜜夜坐在兩人之間，每逢兩人的酒杯空了，便在酒杯內斟酒。

「今天眞是大開眼界……」博雅說。

「你是說那些蟲嗎？」晴明問。

「那些到底是什麼東西？」

「是天足丸的……簡單說來，是一種類似精靈的東西……」

「對了，你還沒說明天足丸是什麼東西。那到底是什麼？那個什麼天足丸……」

「我說過了嘛，是仙丹。」

「仙丹？」

「是一種藥。」

「藥？」

「人爲了成仙所服的藥。」

「成仙？」

「據說自古以來，就有種種可以成仙的方法。」晴明說。

成仙——能長生不老到天界遊玩，是古來中國文化所萌生的一種人類夢想。

成仙的方法五花八門。主要靠修行。利用呼吸汲取天地靈氣於體內，即可成爲仙人。也可以利用行動，或以絕食五穀等方式而成仙。

此外，也有經師父點化成仙的方法。

無論哪種方法都不容易。有些方法即便花費數年、數十年，甚至終生，也無法成功。毋須修行且最簡便的方法，便是服藥。

服用一種名爲「丹」的藥。丹藥，丹砂，二者都是水銀。水銀雖是金屬，卻呈液狀，是鍍金時不可欠缺的物品。

自古以來，人們認爲丹藥具有不可思議的力量，能令人長生不老。而種種丹藥中，最高級的是名爲「金丹」的仙藥。

相傳只要服下金丹，任何人都可以立即成仙。但製作方法並不簡單。

金丹也有許多種類。丹華、神丹、神符、還丹、餌丹、鍊丹、柔丹、伏丹、寒丹，總計九種。

其中，欲製作丹華時，必須先製作玄黃。玄黃是用雄黃水、明礬、戎鹽、鹵鹽、礜石、牡蠣、赤石脂、滑石、胡粉各數十斤，即「六一泥」，再用火燒三十六日，便能成仙丹。

只是，此製作法中有許多不知所云的材料。

首先，沒人知道玄黃到底是什麼東西。不知是何物的材料太多了，也不知道要到哪裡尋找，更不知每種材料到底需要多少數量。

總之，完成後，再加入玄膏揉爲丸狀，最後置猛火上，便會成黃金，也正是名爲「丹華」的金丹。

如果無法成黃金，大概是某個步驟錯誤，可以反覆重做。

照這樣說來，花費終生大概也做不成。

總之，只要將蛇骨、香麝、猿腦髓、牛黃、珍珠粉及眾多數不盡的藥草，混合起來加熱、燉煮，便可以製成仙丹。

「反正，天足丸是這類仙丹的一種，服下天足丸，並非可以成仙，不過，至少可以飛天。」晴明說。

「所以稱爲天足丸？原來如此。」博雅點頭。

「天足丸沒有使用水銀。」

「怎麼製作天足丸？」

「首先，必須準備五芝。」

「五芝？」

「石芝、木芝、草芝、肉芝、菌芝……」

「其他呢？」

「烏鴉、麻雀、飛蛾、蝴蝶、蜻蜓、甲蟲、羽蟲、蚊子、蒼蠅、蟬……只要能在天空飛的，都可以。」

「大概要多少？」

「可能不只一百或二百。」

「……」

「活捉成千上萬的飛蟲、鳥類，裝進大甕中，再活活燉煮。」

「要煮多久？」

「這個……」

「到底要煮多久？」

「就是煮到所有東西都爛了，分不清形狀時。」

「那是說，煮到連骨頭、翅膀、牙齒都分不清的狀態？」
「沒錯，煮到什麼都分不清的狀態。」
「我完全無法想像那究竟要花多少時間。」
「我也無法想像。」
「總之，這樣就能製作天足丸？」
「不能。」
「不能？」
「還必須將那些煮爛的東西讓烏鴉吃一百天，一百天後，再殺掉烏鴉，取出肝臟，然後再同剛剛說的五芝……」
「別講了。總之，你的意思是光製作天足丸就很麻煩吧。」
「不，天足丸還算是比較簡單的處方。畢竟天足丸只能飛天而已……」
「對我來說已經很麻煩了。不過話又說回來，今天看到的那些東西，跟天足丸有什麼關係？」
「所謂天足丸，簡單說來，就是在製作過程時殺掉無數會飛的生物，最後聚集牠們的精氣。而最後製作出來的，也不過一粒或二粒而已……」
「生物的精氣？」
「喝下天足丸的賴子姬體內，正是聚集了那些精氣。剛剛不是飛出去了？」

「原來如此。」

「博雅，結果你那邊辦得怎樣了？」

「我這邊？」

「就是叫你去問兼家大人那件事。」

「喔，那個已問出答案了。」

「兼家大人從何處得到天足丸？」

「兼家大人說，是一個月前在清涼殿前撿到的。」

「撿到的？」

「據說，兼家大人在通往清涼殿的遊廊途中，偶然低頭一看，發現地上有個布袋。」

「布袋？」

「大約這麼大。」

博雅擱下酒杯，用雙手比出一個約成人拳頭大的圓圈。

「兼家大人又說，他當時莫名地掛意那個布袋，便派人下去撿拾。」

結果，裡面有十粒左右藥丸。

至於是誰掉落的，則無從得知。他問過幾個人，卻沒人對那布袋有任何

印象。

大約過了七天，兼家吃壞了肚子。可能是食物中毒，不但肚子痛，連屁股眼的塞子也鬆垮了，一天得跑好幾趟廁所。

這時，兼家突然想起那布袋和裡面的藥丸。

打開布袋，取出一、二粒藥丸，竟發現那藥丸的香氣非常誘人。聞一下味道，覺得似乎可以忘掉肚子的疼痛，鬆垮的屁股眼塞子也好像可以復原。

總不會是毒藥吧？爲了愼重起見，兼家在水桶內裝滿了水，再放進一尾活香魚，最後丟進一粒藥丸。

香魚沒死。不但沒死，反而看似更加活潑有力地在水中游來游去。

於是，兼家下定決心，和著開水吞下藥丸。

「結果，肚子好了。」博雅說。

不到半刻，腹痛痊癒，連鬆垮的屁股眼也恢復正常。

「那以後，據說只要碰到頭痛或身體不適，兼家大人總是習慣服用那藥丸。」

無論是什麼病痛，只要服用那藥丸，便能馬上痊癒。

「就在這時，兼家大人聽了藤原友則大人提到賴子姬的事，才把藥丸給了藤原友則大人。」

「這麼說來，那藥丸正是天足丸了。」

「可是，晴明啊，如果那藥丸是天足丸，爲甚麼兼家大人不會飛呢？爲甚麼賴子姬變得好像發瘋一樣，而兼家大人卻沒事呢？」

「這個問題啊，博雅，我們還是直接問本人算了。」

「本人？」

「妖物大人，您應該已光臨了吧？」晴明向夜色庭院搭話。

「在下來了。」聲音回答。

往庭院一看，只見有個小人影站立在池子上。

「喔！」

博雅會叫出聲也是情有可原。因爲那小人影赤足站在池子水面上。

藉月光仔細一看，那是個身軀有如猴子那般小，頭頂禿得光溜溜的老人。只有鬍鬚既長又白。身上只穿著一件破舊單衣，用帶子在腰上綁住而已。

老人赤足在水面上啪嗒啪嗒走過來。每踏出一步，水面上便出現一個漂亮漣漪。最後，老人的赤足終於踏上庭院草地。

老人來到晴明與博雅相對而坐的窄廊前，停住腳步，讓皺紋滿布的臉埋進更深的皺紋中，笑說：「這回承蒙您拔刀相助了。」

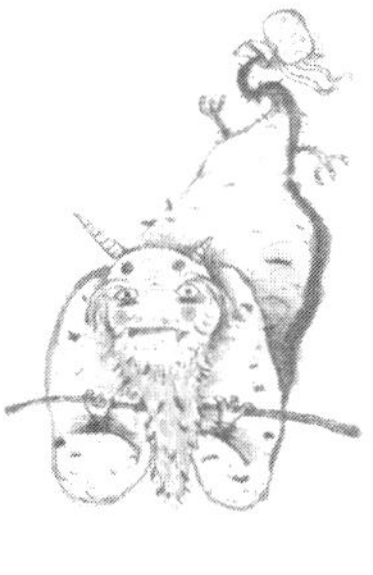

「是您掉了天足丸吧？」晴明問。

「是。」老人收回下巴點點頭。

「您到底是何方神聖？」

「本來已決定不再講自己的身世，這回承蒙晴明大人挺身相助，在下就老實說出吧。」老人輪番看了晴明與博雅，繼續說：「很久很久以前，在下出生於大和國②，有一陣子，人稱在下爲竿打仙人……」

「唔。」

「在下自年輕時便對仙道深感興趣，成天無所事事，只顧吃食松葉，導引致氣，閉門造車修行仙道。」

老人講述身世時，蜜夜在一旁又準備了個酒杯，斟滿了酒，擱在窄廊邊緣。

「這……這……」老人舉起酒杯，噘著滿是皺紋的嘴唇，一滴不剩地喝下，「眞是美酒啊」老人瞇著眼說道。

「可是，大概是生來便缺乏仙骨，持續修行了三十年，依然毫無任何效驗。」

「然後呢？」

「在下認爲，就算無法長生不老，起碼也要像久米仙人③那般，能在天空

②今日本國奈良縣。

③久米仙人是《今昔物語集》、《徒然草》中出現的傳說人物。據說久米仙人某天在吉野川看到洗衣女的白皙小腿，從天上掉落下來，後來靠仙術創下功績，建立了久米寺。

自由飛翔。於是，在下便花了十年歲月製造了仙丹。」

「是天足丸嗎？」

「金丹那類的藥丸，在下實在力不勝任。老實說，天足丸也不是製造得很成功。雖然喝下後勉強可以浮在天空，但頂多只能浮在七、八尺至十五尺高的半空。而且，眞的只是浮在半空而已，無法自由飛翔。」

老人以難以名狀的表情嘆了一口氣。

「在下能在半空隨風飄流，卻無法自由飛翔。浮在半空時，孩童會拿出竹竿來，鬧著玩兒自底下用竹竿敲打在下，不知不覺中，人們便戲稱在下爲竿打仙人了。」

老人浮出看似悲哀的笑容。

「大約二十年前，在下離開了大和國，像個孤魂野鬼般到處飄遊。白天如常人一樣在地上走，夜晚才避人眼目地浮在半空。一個多月前，在下進入京城，某天夜晚，於皇宮上空隨風飄流時，不小心遺落裝著藥丸與天足丸的布袋。察覺後，在下又回到皇宮找，但怎麼找都找不到。在下猜想，應該是讓人撿拾去了，於是潛入宮中想搜尋……」

「結果被許多人撞見了？」

「是。某天，因爲有人來了，在下慌忙逃到半空，腳板卻勾住女人的紅

衣，因此紅衣也跟在下一起浮到半空。爲了這件事，在下還受到眾人從底下射箭上來的遭遇。」

「那麼，有關天足丸的事……」

「是。在下搜尋了一陣子後，得知很可能是藤原兼家大人撿去了，正想去取回時，已經……」

「那時，兼家大人爲了賴子姬的事，已經將天足丸送給友則大人了？」

「是的。說實話，那個布袋裡其實只有一粒天足丸，其他都是別種藥丸。是那種任何病都能治好的萬靈丹。外表看上去，與天足丸沒什麼差別。」

「那粒天足丸讓賴子姬給服下了……」

「天足丸只對在下有效。製造時所使用的蟲都是雄蟲，而且又加入在下自己的精液，所以在下深知，萬一讓女子喝下，會造成非常麻煩的後果。」

「因而賴子姬才會變成那樣……」

「是的。賴子姬想從高處跳下來，全都是受到那些雄蟲的影響。」

「可是，您爲甚麼不親自去治癒賴子姬呢？」晴明問。

老人露出寂寞的笑容，說：「以在下這身打扮，即便到賴子姬那兒，向對方說，在下能夠治癒賴子姬的病狀，請脫下賴子姬身上的衣服……晴明大人，您想，對方可能答應嗎？」

「大概不行吧。」

「在下早知行不通，再說，其實在下除了可以浮在半空外，沒有任何神通力。所以，在下只能請求晴明大人出面助力了。」

「原來如此……」

「話又說回來，這回眞是承蒙晴明大人多方幫助，實在感激不盡。」

老人邊說，邊將空酒杯咕咚一聲擱在窄廊邊緣。然後將手伸進懷中，取出小石子，丟在自己腳旁。接著，老人的身體便開始搖搖晃晃起來。

老人又伸手進懷中，取出第二個小石子，丟在地上。這時，老人的身體微微浮在離地約三寸高的半空。

每從懷中丟出一個小石子，老人的身體便逐漸升高。

「這是最後一個……」

當老人丟下最後一個小石子，老人的身體已浮在屋簷上了。飄飄搖搖地，老人開始隨風飄蕩。月光中，老人逐漸飄向北方。

晴明與博雅目光越過屋簷，仰望老人。

「今天的酒眞是美味呀……」

高處隱約傳來老人的聲音。

「這樣的人生雖然有點寂寞，但還是滿有趣的……」

最後傳來這句話，不久，老人的身影便宛如溶於月光中一般，消失了。

「他走了……」博雅手中舉著酒杯，喃喃自語。

「嗯。」晴明點點頭。

窄廊邊緣，老人方才擱下的那個空酒杯，在月光照射之下，隱隱發出青色亮光。

後記

在此獻上我鍾愛的安倍晴明與源博雅新刊故事。

這是文春版第五集。

加上朝日新聞社出版的《生成姫》，總計有六集了。

如果再加上繪本版《晴明取瘤》（文春版），則是第七集的《陰陽師》。

對《陰陽師》來說，二〇〇一年是個關鍵。

春季，NHK將播送《陰陽師》原著的電視劇，總計十集；秋季，電影《陰陽師》也將上映。

電視劇方面，是由SMAP的稻垣吾郎先生飾演晴明的角色，應該會是個新鮮的晴明吧。

電影方面，因爲已經拜託製作公司務必請野村萬齋先生演晴明的角色，所以電視劇的演員陣容便全部交給製作公司包辦了。由於電影方面已請了野村萬齋先生來演，電視劇方面，要是我再插嘴要請某演員演晴明的話，未免太越俎代庖。結果，電視劇方面，是稻垣吾郎先生演晴明、杉本哲太先生演源博雅、本上眞奈美小姐演蜜蟲，分配得實在很好。至於劇本，電視版我都沒有插手。就這點來說，我雖是原作者，但電視版的部分則與大家一樣，僅是觀眾立場。

電影方面，讓萬齋先生演晴明，實在很棒。

伊藤英明先生的博雅，威風凜凜；眞田廣之先生的道尊也非常傑出。

導演是瀧田洋二郎先生。

有關野村萬齋的晴明，演員與角色能配得如此貼切的例子，應該是近來難能可貴的事件吧。在同一時代中有位名爲野村萬齋的演員，實在是一種幸運的機緣。

野村萬齋這位演員（我在其他地方也寫過了），光是單獨一人站在舞臺上，便能讓舞臺上所有必要的條件都成立了。

我衷心慶幸萬齋先生願意演這部電影。更私心認爲，光是電影最後那場萬齋先生舞蹈的鏡頭，便讓這部電影具一看的價值了。

話又說回來，雖然在這兒講這件事，似乎有宣傳其他出版社的書的嫌疑，不過，我還是想請大家也讀一下由朝日SONORAMA出版的「幻獸少年Chimera」（《キマイラ》）① 系列小說。

這回的後記，我正是想說這件事。

「陰陽師」系列已經持續寫了十六年以上，而「幻獸少年Chimera」系列小說，也是持續寫了很久的故事。

故事內容大綱是：有位無可言喻的美少年，體內潛藏一頭這世上不存在的野獸，那野獸偶爾會從少年體內趁機出現，讓少年懊惱不堪。

① 即希臘神話中的Khimaira。

這系列故事也是持續了二十年左右，與「陰陽師」一樣，都還未完結。

我個人認爲，「幻獸少年Chimera」這個系列故事中，囊括了「夢枕獏」這位寫手的所有要素。

即使在書店站著翻閱也可以，請大家務必讀讀看。

因爲我認爲，只要是覺得「陰陽師」讀起來很有趣的讀者，一定也會對「幻獸少年Chimera」系列感興趣才對。

若用一句話來斷言，這是個長得嚇死人的人生旅程物語。

但是，我可以保證故事非常有趣。

在此就先說到這兒，請大家盡興享受這回的五篇陰陽師吧。

二〇〇一年十一月二十七日

於小田原

夢枕獏

夢枕獏公式網站「蓬萊宮」網址：http://www.digiadv.co.jp/baku/

作者介紹

夢枕獏（YUMEMAKURA Baku）

日本ＳＦ作家俱樂部會員、日本文藝家協會會員。生於神奈川縣小田原市，東海大學文學部日本文學系畢業。嗜好是釣魚，特別熱愛釣香魚。也熱中泛舟、登山等等戶外活動。此外，還喜歡看格鬥技比賽、漫畫，喜愛攝影、傳統藝能（如歌舞伎）的欣賞。

夢枕先生曾自述，最初使用「夢枕獏」這個筆名，始自於高中時寫同人誌風的作品。「獏」這個字，正是中文的「貘」，指的是那種吃掉惡夢的怪獸。夢枕先生因爲「想要想出夢一般的故事」，而取了這個筆名。

年表：

一九五一年　一月一日生於神奈川縣小田原市。

一九七三年　東海大學日本文學系畢業

一九七五年　到海外登山旅行，初訪尼泊爾。

一九七七年　在筒井康隆主辦的ＳＦ同人雜誌《NEO NULL》、及柴野拓美主辦的《宇宙塵》上發表作品。在《NEO NULL》上發表的〈蛙之死〉受到業界人士注意，同作轉至ＳＦ專門商業出版雜誌《奇想天外》刊登而成爲出道作。之後在《奇想天外》發表中篇小說〈巨人傳〉，而正式開始作家之路。

一九七九年　在集英社文庫Cobalt推出第一本單行本《彈貓的歐爾歐拉涅爺爺》。

一九八一年　在雙葉社推出第一次的單行本新書《幻獸變化》。

一九八二年　在朝日Sonorama文庫推出Chimera系列第一部《幻獸少年Chimera》。

一九八四年　在祥傳社Non-Novel書系發表的「狩獵魔獸」系列三部曲成爲暢銷作。

一九八六年　循《西遊記》裡的旅途前往中國大陸作取材之旅，從長安到吐魯番。「陰陽師」系列開始連載。

一九八七年　繼續西遊記行程。下半年與野田知祐一同在加拿大的育空河泛舟。

一九八八年　第三次踏上西遊記的旅程，到天山的穆素爾嶺。文藝春秋社出版《陰陽師》。

一九八九年　以《吃掉上弦月的獅子》奪得第十屆日本ＳＦ大獎。
一九九〇年　《吃掉上弦月的獅子》獲頒星雲賞平成元年度日本長篇獎。
一九九三年　十月為坂東玉三郎所寫的〈三國傳來玄象譚〉在東京歌舞伎座「藝術祭十月大歌舞伎」上演。
一九九四年　出任日本ＳＦ作家俱樂部會長。岡野玲子改編的漫畫作品《陰陽師》出版。
一九九五年　小說《空手道上班族班練馬分部》由ＮＨＫ拍成電視劇，由奧田瑛二主演。在東京神保町的畫廊舉辦照片展「聖琉璃之山」（亦有同名攝影集）。文藝春秋社出版《陰陽師―飛天卷》。
一九九六年　為坂東玉三郎作詞的〈楊貴妃〉在歌舞伎座上演。為ＮＨＫ ＢＳ台的「釣魚紀行」錄影赴挪威。十月起在ＮＨＫ總合台「大人的遊樂時間」擔任常任主持人。為電視節目「世界謎題紀行」錄影赴澳洲。
一九九七年　文藝春秋社出版《陰陽師―付喪神卷》。
一九九八年　於中央公論新社出版《平安講釋―安倍晴明傳》。
一九九九年　《陰陽師―生成姬》於朝日新聞晚報開始連載。
二〇〇〇年　文藝春秋社出版《陰陽師―鳳凰卷》。

二〇〇一年　四月，NHK製作、放映《陰陽師》，由SMAP成員之一的稻垣吾郎主演。六月，岡野玲子的漫畫版出版至第十冊。十月，電影「陰陽師」上映。由知名狂言家野村萬齋飾演主角「安倍晴明」，眞田廣之、小泉今日子等人共同主演。

二〇〇三年　電影「陰陽師II」於十月上映。

二〇〇六年　首度來台參加台北國際書展，掀起夢枕旋風。

二〇〇七年　改編同名作品的電影「大帝之劍」由堤幸彥導演、阿部寬主演，於四月在日本上映。七月文藝春秋社出版《陰陽師─夜光杯卷》。年底配合首本繁體中文版《陰陽師》繪本《三角鐵環》來台舉辦簽書會，再度掀起《陰陽師》的閱讀熱潮。

二〇〇八年　雙葉社出版《東天的獅子》系列。

二〇一〇年　文藝春秋社出版《陰陽師─天鼓卷》。角川書店出版與天野喜孝、叶松谷共同合作的《楊貴妃的晚餐》。

二〇一一年　以《大江戶釣客傳》獲得第三十九屆泉鏡花文學獎、第五屆舟橋聖一文學獎。改編《陰陽師》的漫畫家岡野玲子訪台。同年傳出陳凱歌將與日本電影公司合作《沙門空海》的電影拍攝作業。文藝春秋社出版《陰陽師—醍醐卷》。

二〇一二年　以《大江戶釣客傳》獲得第四十六屆吉川英治文學獎。十月文藝春秋社出版《陰陽師—醉月卷》。適逢《陰陽師》出版二十五週年，文藝春秋社也同步出版《陰陽師完全解析手冊》。

二〇一三年　八月參加ＮＨＫ總合台的柳家權太樓的演藝圖鑑節目播出。九月在東京歌舞伎座上演《陰陽師—瀧夜叉姬》，創下全公演滿座紀錄。十月小學館出版長篇小說《大江戶恐龍傳》系列。

二〇一四年　文藝春秋社出版《陰陽師—蒼猴卷》、《陰陽師—螢火卷》，後者出版後獲得十一月網路票選「二十歲男性閱讀的時代小說」第二名。

二〇一五年　曾獲第十一屆柴田鍊三郎獎的小說《眾神的山嶺》，將由導演平山秀行翻拍成電影，阿部寬與岡田准一主演，三月前往尼泊爾山區取景，將於二〇一六年於日本全國院線上映。睽違十二年《陰陽師》再度影像化，夏季將在朝日電視台播出同名ＳＰ電視劇，由歌舞伎演員市川染五郎主演。

二〇一七年　作家生涯四十週年，榮獲菊池寬獎及日本推理大賞。

國家圖書館出版品預行編目（CIP）資料

陰陽師. 第五部 龍笛卷 / 夢枕獏著 ; 茂呂美耶譯-- 二版.
-- 新北市 : 木馬文化出版 : 遠足文化發行, 2018.05
216面 ; 14 x 20公分. -- (繆思系列)
ISBN 978-986-359-524-3 (平裝)

861.57 107005271

繆思系列

陰陽師〔第五部〕龍笛卷

作者／夢枕獏（Baku Yumemakura） 封面繪圖／村上豐
譯者／茂呂美耶
執行長／陳蕙慧
副總編輯／簡伊玲
行銷企劃／李逸文・闕志勳・廖祿存
特約主編／連秋香
封面設計／蔡惠如
美術編輯／蔡惠如
內文排版／綠貝殼資訊有限公司

社長／郭重興
發行人兼出版總監／曾大福
出版／木馬文化事業股份有限公司
發行／遠足文化事業股份有限公司
地址／231新北市新店區民權路108之4號8樓
電話／02-2218-1417
傳眞／02-8667-1891
Email：service@bookrep.com.tw
郵撥帳號／19588272 木馬文化事業股份有限公司
客服專線／0800221029
法律顧問／華洋國際專利商標事務所 蘇文生 律師
初版一刷 2003年8月
二版一刷 2018年5月
定價／新台幣270元
ISBN 978-986-359-524-3

歡迎團體訂購，另有優惠，請洽業務部（02）2218-1417分機1124、1135